LE DERNIER FRANÇAIS

Directeur éditorial : Jean-Paul Liégeois
Directeur de collection : Arash Derambarsh

© Atmosphériques Éditions pour « Céline », « Le Marseillais », « Lorsqu'ils essayèrent », « Conte alsacien », « HLM Tango », « C'est du lourd », « Soldat de plomb », « Noces à Grenelle », « Les Autres », « Il se rêve debout », « La Gravité », « Saigne », « L'Alchimiste ».
© Mazarine Pingeot pour la préface
© BFC pour toutes les photos
www.bfc-photo.com
© le cherche midi, 2012
23, rue du Cherche-Midi
75006 Paris
Vous pouvez consulter le catalogue général du cherche midi et l'annonce de ses prochaines parutions sur son site Internet :
www.cherche-midi.com

Abd Al Malik

LE DERNIER FRANÇAIS

Préface de Mazarine Pingeot

cherche
midi

du même auteur
au **cherche midi**

La guerre des banlieues n'aura pas lieu, prix Edgar-Faure du livre politique, 2010.

chez d'autres éditeurs

Qu'Allah bénisse la France!, prix Laurence Trân, Albin Michel, 2007.

PRÉFACE

IL A FAIT DU SLOGAN L'ESPACE DE LA POÉSIE

Les mots sont des actes. Il n'est plus besoin de le prouver, c'est même ce qu'on appelle dans le jargon «le langage performatif». Les mots sont de la musique. Et c'est ce qu'on appelle dans un autre jargon «le rap». Abd Al Malik se situe à ce carrefour. Ses mots sont signifiants, engagés, mais leur signification est portée par le martèlement du rythme. Au carrefour aussi d'une vision du monde englobante et du plus petit détail, de l'anecdote, celle de la poésie quotidienne qui contient ce monde. Dedans, dehors, contenant, contenu, Abd Al Malik se joue de ces frontières, échappe aux places qu'on voudrait lui donner, échappe à la cité qui voulait le déterminer, échappe à la récupération et à la trahison dans laquelle on aurait voulu l'attirer. Il multiplie les fidélités en cherchant désespérément à être lui-même, et se trouve, au moment même où il s'échappe, vers un au-delà, un lieu mystique qu'il nous montre comme l'Étoile du Nord, sans jamais devenir prosélyte. Abd Al Malik est un homme de conversion. Conversion religieuse, mais d'abord conversion de vie, conversion des mots en musique, de la musique en mots, conversion en adulte qui porte en lui l'adolescent qu'il fut et qu'il a en même temps quitté, conversion du regard vers ce qui le constituait, et dont la focale fait émerger les dangers qui auraient pu l'anéantir, qui ont parfois brisé ses amis, puis les causes de ces dangers, qui ne sont plus seulement à trouver dans la cité, mais vers la télé. Le discours politique, l'étendard du racisme auréolé de préoccupations sécuritaires, la pensée unique sur un Islam-islamiste, la fracture d'une France dont le mal identitaire est né en même temps que le discours qui le définissait. Il milite mais sans slogan, ou plutôt il a fait du slogan l'espace de la poésie.

Il a des lettres et il a la rue. Il sait de quoi il parle, et invente comment en parler. Il aime la France, son pays. Il est patriotique, oui, à sa manière, pour avoir bien compris qu'il n'y avait d'identité que celle de la langue. Et d'une forme d'amour. Il renoue avec l'esprit des Lumières, et son universalisme qu'il veut à tout prix concret, et qu'il concrétise : c'est ici que se rejoignent sa pensée et son cœur, en cette idée de l'homme, ni blanc ni noir, ni juif ni musulman, mais tout ça à la fois, parce que chaque homme grandit dans un immeuble, un quartier, une famille, une ville, et qu'il ne faut pas renier le lieu d'où l'on vient. Moins il le renie, plus il l'agrandit : le lieu d'où il vient s'est enrichi de son extrême curiosité, de ses lectures et de son art. Mais sa famille est toujours présente. Sartre et Camus côtoient Notorious B.I.G. et Jay-Z, Deleuze et Derrida, IAM et NTM. C'est que la pensée détruit les murailles des ghettos, et qu'une culture, c'est de pouvoir aimer *L'Étranger* et écouter *Nique Ta Mère*.

Quant à moi, je l'ai découvert un jour, en voiture : de la radio, doucement, émergeaient les premières phrases des *Autres*. Association de pensée, *Ces gens-là*, Jacques Brel : « Parce que chez ces gens-là [...] Monsieur », « on prie », « on triche » ou « on compte » ; Abd Al Malik ne compte ni ne triche. Il essaie, il voyage, il se retourne sur lui-même, il prêche à sa façon. Et comme l'illustre maître, il raconte des histoires, en peu de phrases, en litanies et en scansion, des histoires qui tiennent sur une page, pour laisser le silence s'installer. Les musiciens et les poètes le connaissent, ce silence. C'est de là que tout part, c'est le blanc de la page, c'est le « pas encore », le « encore un peu », le recueillement nécessaire, qui est l'objet de ce recueil. Car il s'agit bien de cela : se recueillir, et puis frapper. Mais juste quand il le faut. La responsabilité ne s'éloigne jamais de la prose, elle la sous-tend. *C'est du lourd*, c'est grave, il cherche quelque chose comme l'absolu. Et ce n'est pas de tout repos, pas drôle, pas facile. Il a trouvé le chemin des contraires, Régis un jour et puis Abd Al Malik, chrétien puis musulman, étudiant de philosophie repéré par ses professeurs et petit délinquant, rappeur quand l'Islam radical l'interdit, tandis qu'il en a approché une branche vénéneuse, avant d'arriver au soufisme. Et sans doute ces sédiments s'additionnent-ils pour s'épanouir en mots. Sans doute ces sédiments le constituent-ils dans une intégration qu'il aimerait bien voir exister au-dehors. Et si la voie du soufisme amène à dépasser le discursif, il ne renonce pas à la parole, mieux, il nous la livre.

Mazarine Pingeot

LE DERNIER FRANÇAIS

*De la foi réelle et positive
naît le véritable patriotisme.*

SIDI HAMZA AL QADIRI AL BOUTCHICHI

TESTAMENT

C'est une vieille famille française, une famille de nobles et de paysans, une famille de propriétaires terriens, une famille à patrimoine, une famille à château. C'est une famille de province, une famille de Provence, une famille du Sud de la France.

André, fils de Bénezet, mort pendant la guerre en baisant le crucifix, est le patriarche. Il cire ses chaussures lui-même et porte un chapeau et un joli costume noir. Il sourit, dit bonjour et va à l'église tous les dimanches, comme l'ont fait son père, le père de son père et sans aucun doute le père du père du père du père de son père avant lui. André est un fervent catholique et répète à qui veut l'entendre que son chapelet est la seule arme qu'il ait en sa possession, c'est un homme chaleureux, valeureux, plein de bravoure et d'amour pour son prochain.

Ce lundi matin, une lettre au courrier lui a dit qu'il allait mourir d'un cancer; alors, à midi, après le déjeuner, il s'est assis sur le bureau Louis-Philippe dans sa chambre à coucher et s'est mis à écrire un testament spirituel adressé à tous ses petits-enfants, qui sont grands pour la plupart maintenant.

« Avec amour, à l'orée d'une vie, en leur état majeur, voici, pour leurs petits-enfants, les vues et les pensées d'un grand-père et d'une grand-mère sur la société dans laquelle des êtres qui leur sont chers vont avoir à vivre.

Ainsi, la République française vous accorde d'être majeur à 18 ans.

Elle vous prie de connaître, d'abord, la copie des droits de l'homme (sur le papier) pour ce qui est de l'universel...

Ensuite, la devise républicaine (pour ce qui touche à votre Patrie), celle qui se trouve en exergue sur tous les frontons immobiliers de l'État : Liberté – Égalité – Fraternité.

Vous avez la Liberté d'obéir aux lois et décrets promulgués par les États passés ou du moment. On vous laisse passer à côté des ci-devant si ces à-côtés peuvent ou doivent apporter intérêts d'argent, d'influence politique souhaitée ou confort d'État.

On vous invite à l'Égalité, celle qui vous apportera le degré de fortune, le degré d'influence, qui feront le support de votre situation sociale à venir. Le savoir, l'instruction, la connaissance pouvant en corriger la ligne malgré tout.

On vous fait parvenir l'écho de la Fraternité, la vertu essentielle à pratiquer, mais qui aura la faculté de faire comprendre à votre frère qu'il s'agit de se débrouiller (action souvent préjudiciable à autrui). On la pratiquera, à condition de ne rien toucher au confort social établi ou vécu par soi. Il faut, dans les faits et gestes, la gratuité dans ces choses. Partager n'est pas de mise quand ces gestes coûtent effort, argent ou gêne.

C'est ainsi que vous aurez à voir, à revoir, à corriger, à corriger sous la lumière des appréciations énoncées, votre vie individuelle et sociale.

Vous allez trouver sur votre chemin, une société apparemment vide de toute moralité, conscience ou autres vertus nécessaires à l'homme pour qu'il forme une société conviviale. Pour que les institutions suffisent à contrôler l'homme social pour le rendre le citoyen souhaité, "pur produit". Celui-ci connaîtra alors, faute de conscience, de bon sens, l'application des lois et décrets précités.

C'est ainsi qu'on reconnaît la valeur morale d'un État, sa richesse culturelle : à l'épaisseur du "livre des lois" qui le gère... en tenant compte que lois et décrets ont la vertu d'annihiler le bon sens des choses et des êtres.

C'est écrit pour vous, c'est laïc dans le sens, c'est la partie "négative" de la société actuelle dans laquelle vous avez à vivre.

Dans cette même société de concitoyens souvent passifs, vous aurez à découvrir la partie de bonne terre qui s'y trouve, où le bon grain a germé. Ces grains qu'il faudra sublimer ensemble pour en former la farine, qui devra, mélangée au levain, faire lever la pâte d'où sortira le pain cuit au feu de l'amour ; ce pain, ce feu, cet amour qui devront apporter chaleur et force aux mouvements nécessaires à la société dans laquelle vous devrez vous mouvoir. Cet amour qui, vécu, aura le privilège de vous apporter bonheur et sérénité.

Enfin, je vous convie à prendre "avec réflexion et conviction", entre le pouce et l'index, le premier maillon de la chaîne des commandements divins (ceux qui sont inscrits sur la pierre). Vous aurez alors l'assurance de soulever "l'entier" d'une chaîne chargée d'amour, de respect des autres, de bonheur, de paix... En méditant "ce geste", vous y trouverez la logique, "votre" société si démunie devant les réalités de "sa vie".

Vous pourrez, pour ne pas juger autrui trop hâtivement, lire **La Copie qui suit**, pour mieux situer les individus que vous rencontrerez, qui feront mouvement avec vous dans la vie. Lignes qui doivent faire "lever" la vraie conception des modes de vie de chacun des êtres qui peuplent la Terre qui s'appuie sur leur Dieu "à Eux", qui, à leur façon, contribuent à la gloire du Créateur et marchent comme vous vers un même destin final : la vie. »

LA COPIE QUI SUIT

« Il existe, il a toujours existé dans le monde, de nombreuses religions. Cette diversité des religions tient à la diversité des cultures, des visions du monde qui marquent la réponse des hommes à la proposition de Dieu. Cette proposition de Dieu surgit à l'intérieur de la conscience humaine : c'est là, dans ce sanctuaire intime, que Dieu parle à chacun et l'invite à l'aimer. Cette invitation s'adresse à tous les hommes.

Les religions sont comme les chemins ordinaires par lesquels l'homme se tourne vers Dieu, le rencontre et reçoit de lui le salut. Ces religions peuvent contenir des erreurs : Jésus lui-même en avait conscience. La religion est capable du meilleur mais aussi du pire : elle peut libérer l'homme quand elle l'invite à rencontrer Dieu "en esprit de vérité", le rendre esclave quand elle se fait abusive et que la lettre tue l'esprit.

Pour nous aujourd'hui qui avons entendu son appel et qui nous efforçons d'être ses disciples, l'Église rend présent le Seigneur. Mais l'homme peut rencontrer Dieu en dehors de toute religion, car Dieu est présent partout, il parle au cœur de tout homme ; et là où il y a amour, solidarité, union des hommes au service de l'homme pour un monde plus juste, plus humain, Dieu est là. Le salut est possible en dehors de la religion, car Dieu sauve sans limites. Et ce ne sont pas seulement les Chrétiens, ceux qui appartiennent à la religion catholique, qui sont sauvés mais tous les hommes de bonne volonté là où ils sont. Tous les hommes de tous les temps sont appelés au salut, à la libération en Jésus-Christ. Car le Christ est mort et ressuscité pour l'humanité tout entière et Dieu ne se laisse emprisonner ni par les religions ni par les cultures. Son appel dépasse infiniment le nombre de ceux qui entendent explicitement l'appel de Jésus répercuté par ses disciples et par l'Église.

Au jour du Jugement, le Fils de l'homme n'interroge personne pour savoir s'il est bien instruit "des vérités de la foi" ; il ne demande à personne s'il est ou non chrétien ; il demande simplement à chacun s'il a fait ou non quelque chose pour les nécessiteux, les étrangers, les malades, les prisonniers. C'est sur ce point que tout se décide. Ce qui sauve l'homme, c'est d'ouvrir son cœur à son frère. Lorsque nous aimons nos frères, Dieu est en nous, car l'amour de Dieu et l'amour du prochain sont un seul et même amour. C'est pourquoi il ne suffit pas d'avoir sans cesse sur les lèvres le nom de Jésus et de se réclamer son disciple pour être sauvé. C'est pourquoi tous ceux qui, dans le monde, s'arrêtent au bord d'un chemin pour secourir un de leurs frères malheureux, ou lui donner ne serait-ce qu'un simple verre d'eau, auront droit à une place dans la maison du Père, au jour des noces éternelles.

L'amour de Dieu, le salut apporté aux hommes par Jésus-Christ ne connaissent aucune frontière géographique, humaine, culturelle, religieuse. Aujourd'hui, par l'Esprit, le Christ ressuscité agit là où il veut. Aucun obstacle ne peut s'opposer à son action, ni dans l'espace ni dans le temps.

Ce que le Christ propose aux hommes, ce n'est ni une conception du monde ni un nouveau système politique, ni une nouvelle idéologie, mais une manière nouvelle de vivre, de se comporter à l'égard des autres et de Dieu. Être son disciple, c'est se donner totalement aux autres et à Dieu, comme lui a fait; c'est refuser toute discrimination, être fidèle, inébranlablement, à sa conscience, s'efforcer de vaincre la pesanteur qui nous porte à l'égoïsme.

Partout où l'homme dit oui au bien, à la vérité, à l'amour, partout où l'homme recherche davantage de justice, de solidarité, de pardon et de réconciliation, le Ressuscité est présent.

Dieu seul sait ce qu'il y a au cœur de l'homme. À la fin des temps, il reconnaîtra les siens. Il y aura des surprises : Jésus lui-même nous le dit. Lazare, qui aurait tant voulu se rassasier à la table du riche, aura alors une foule d'amis.

Très affectueusement,
An de grâce
Septembre 1990 »

André écrit tout cela d'une traite de sa plus belle écriture. Il plie les quelques feuillets, les met dans une grande enveloppe marron et cachète la lettre avec de la cire comme on faisait avant. Il se lève ensuite et va se promener comme il le fait de temps en temps...

C'est dans son lit d'hôpital, peu de temps avant qu'il ne s'en aille, que deux de ses petits-fils, Cyril et Fabien, lui disent qu'ils sont devenus Musulmans et qu'ainsi ils perpétuent et revivifient la Tradition de lumière qui est celle de leur famille depuis si longtemps…

André les regarde tous les deux et leur dit dans un sourire cette phrase sibylline : « Mon fleuve va bientôt se jeter dans votre océan… »

LE DERNIER FRANÇAIS

Toute ma vie, je me suis fait une certaine idée de la France.

Avoir l'intelligence de l'instinct
Avoir l'intelligence de l'instant
La modernité dans toute sa complexité
ne pourra jamais être saisie par l'Histoire
Car à y voir de plus près honnêtement
le monde actuel n'a plus aucun référent historique
La situation est certes inédite
Ici le bon sens et les valeurs humaines
sont seuls fonctionnels
opératifs et opérationnels
Ici l'Histoire et les vieilles Méthodes militaires
sont inadaptées et même quelquefois dangereuses
Dangereuse incompréhension
et inversement des symboles
Quel drame de ne plus pouvoir hisser le drapeau
Quel drame de ne pas savoir hisser le drapeau

Quel drame de ne pas pouvoir se hisser plus haut
Et puis se découvrir faux-monnayeur
cousin pauvre d'une Amérique unijambiste
Et se voir imiter cet autre modèle sociétal en tout point
sauf sur le point le seul enviable où s'origine la force
    même de son rayonnement
l'union derrière le dernier symbole des nations
l'union des singularités derrière un drapeau
tissu tricolore
voile de la concorde
Je discours donc sur l'état de notre union
Voilà notre équation
la perte du symbole c'est la perte de notre identité
la perte de notre identité c'est la perte de nos sociétés
la perte de nos sociétés c'est la perte de notre humanité
c'est la perte de l'Humanité
Voyez comme on traite déjà ce qui reste de notre planète
S'il vous reste un cœur
s'il vous reste une tête
être réanimé par les valeurs spirituelles
les valeurs de l'être
être et avoir
être ou avoir
penser un autre modèle de société

et le pacte se renouvelle
entre le collectif et l'individuel
Les pensées idéologiques et partisanes
ont fait leur temps périmées plus dans le coup
Dépassées inefficaces surtout
c'est ce qui disqualifie d'office l'animal politique d'aujourd'hui
Parce que précisément n'étant plus tout à fait humain
il devient étranger au bien commun
il est incapable de faire la synthèse des idées bonnes pour tous
Qu'importe d'où elles viennent
et qu'importe qui les porte
les valeurs humaines sont à la fois bonnes fées et seuls juges
C'est sous leurs auspices que les grands Hommes voient le jour
ces grands êtres qui ont une vision commune sur l'essentiel
même s'ils sont de différentes origines sociales, religieuses ou culturelles
Et la jeunesse interpelle :
Ô vous dont la fin n'est plus bien loin
faites donc attention à ce que vous nous transmettez

Car la pire des maladies qui soit
dans la fin de cycle de cette Humanité
c'est le manque d'ambition humaine
La folie française c'est la perte progressive de confiance en elle-même
en sa capacité à savoir à pouvoir
Utiliser toutes ses forces vives pour se réinventer
ad vitam aeternam
c'est la manière de penser français
Et si la manière de pensée française
est universelle par essence
c'est qu'elle cultive l'être puis son effacement
L'être puis son effacement
c'est la quête et puis le cheminement
et la grandeur

Toute ma vie, je me suis fait une idée certaine *de la France*
et en vérité je vous le dis
je suis le dernier Français.

2/ 20:45 SDV 9	21:10 Marcel 11
T 75,3 198,3 123	T 22,2 197,6 175,4
T 21,1 198,8 177,7	T 21,3 201,1 179,8
T 14,6 196,95 182,35	T 21,15
T 20,6 67,6 47	
530	

DES ÉLECTIONS OU MINI-TRAITÉ DE POLITIQUE INTÉRIEURE

Il y a les candidats investis
il y a les candidats à l'investiture
il y a les espérances de votes
et le bruit des casseroles
il y a les porteurs de valises
il y a les casseroles dans les valises
il y a les sondages
et les scandales (donc)
il y a les retournements de situations
il y a ceux qui se retournent dans leurs tombes
il y a ceux qui veulent pas mourir
et les survivants
donc ceux sur le retour
donc ceux qui peaufinent leur stature (depuis longtemps)
donc ceux qui couteau dans le dos
mentent naturellement
donc peu qui disent la vérité

les vérités donc ne sont pas bonnes à dire
Donc récapitulons
il y a les intègres
il y a les dés-intègres
il y a les campagnes avec la discipline mais pas la bravoure militaire
et puis ceux qui blanchissent l'urne
ceux qui s'y tiennent
ceux qui s'abstiennent
ceux qu'ont perdu d'avance
il y a ceux qui perdurent d'avances
alors les médias
alors les débats
alors l'audimat
et tels des automates
il y a les chouchous des journalistes
il y a ceux qui veulent taper l'ami (avec les journalistes)
il y a donc le deuxième tour ou pas
et la sentence le résultat
et rebelote...
Quelle drôle de chose que tout ce petit monde !
Ne s'intéresse qu'à l'autre petit monde qui vote
alors qu'il ne représente pas grand monde proportionnellement

et ne s'occupe pas de tous les autres qui ne votent pas
qui en les politiques n'ont pas n'ont plus foi
qui voient bien qu'il y a le monde et leur monde
   finalement
Avant tout le monde Obama l'avait compris
Avant tous les autres.

CORPS ENSEIGNANT

Il questionne un idéal
Pour réponse l'indifférence générale
Il est lancé comme un dé au hasard
Les désillusions deviennent désespoir
unité de cuirassés à qui on retire toujours un peu plus les honneurs
sauf l'apparat du garde-à-vous et le titre de professeur
On l'interroge
c'est la grosse fatigue
Vu les conditions d'exercice
c'est l'impuissance la plus redoutable
Utile il finit coupable
esseulé et perdu
Silence !
on démembre le corps en saignant en République
c'est la politique éducative.

LE PETIT ÉCRAN

Il y a dans l'être un bout de chair
Et le petit écran est comme lui dans la société
s'il est vicié tout l'être est vicié
s'il est sain tout l'être est sain
Ce petit bout de chair c'est le cœur.

LE PETIT ÉCRAN (EFFET MIROIR)

Le petit écran est le cœur de cette société
Et comme en elle tout y est faux
tant qu'il n'ose pas la refléter
cette société dans son entièreté.

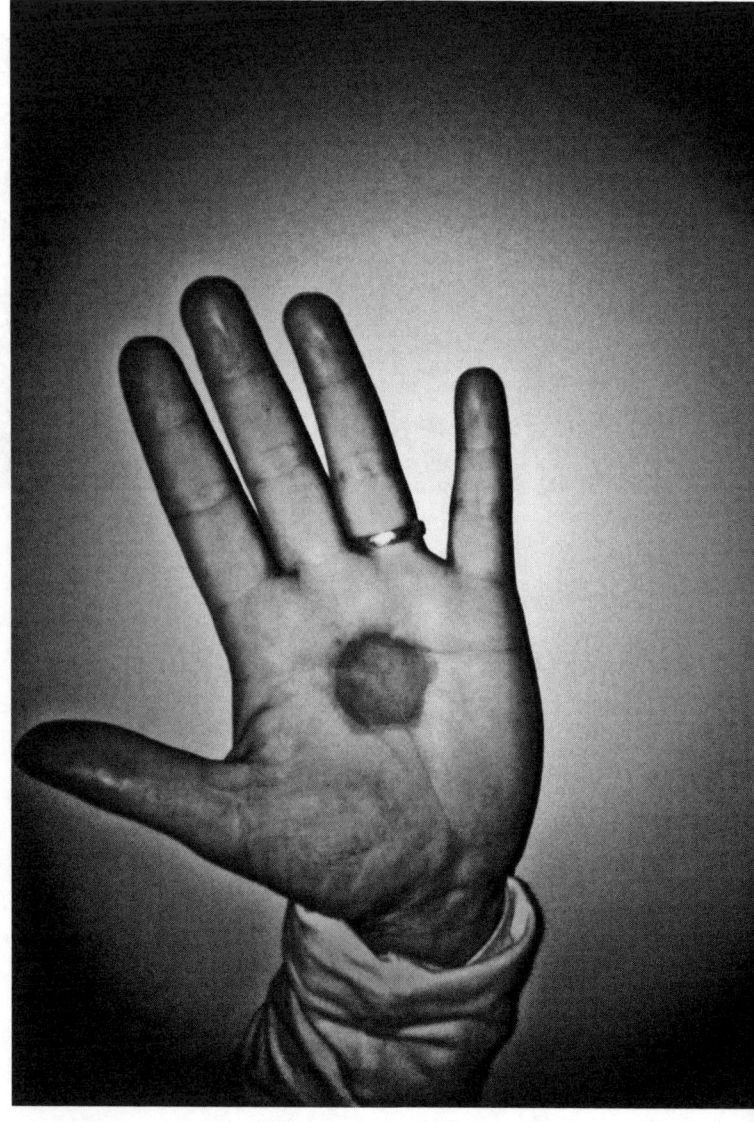

JASMIN ET CHRYSANTHÈMES

Où sont les puissants qui sont les faibles brise-révolutionnaires
Le peuple devient ouragan une fois conscient de lui-même
Le souffle de la liberté ne peut être contenu qu'un temps
Attends seulement Nul ne peut oppresser impunément
Égoïstes et dictateurs sachez que la rue est invincible
parce que la destinée a promis aux plus faibles la justice
Elle est douce pour le moment pour vous elle deviendra hostile
Je veux pas grand-chose moi Nous on veut juste vivre
Et ce qui brûle déjà ce n'est pas moi c'est votre avenir
Alors dégage va voir ailleurs Ici vous avez déjà tout pris
pillé le peu de fruits qui restaient sur l'étal que je ne peux appeler une vie
Ce vendredi c'est l'homme au pistolet d'or qu'on enterre
Hier c'est l'homme du 11 septembre qu'on jetait à la mer

L'homme qui se prenait pour un sphinx a fini dans une cage
Homme déconsidérer ses semblables ou son peuple est le pire des outrages

On est dans la place comme des galériens mais c'est nous qui ferons demain
Ils enverront nos soi-disant grands frères pour nous remettre sur le droit chemin
tellement consciencieux qu'ils n'oublieront évidemment ni les femmes ni les enfants
Le ras-le-bol est le plus vrai des programmes politiques
Seule la liberté pour tous peut garantir la paix civile
À terme cette perspective nous fera accoucher de nous-mêmes
C'est le cri du cœur qu'aucun massacre ne pourra faire taire
Je n'ai plus peur désormais Qu'ils viennent donc me chercher
Je suis tous les peuples opprimés personne ne pourra m'oublier
Je cherche quelque chose de plus grand que moi de plus grand qu'eux

et je l'obtiendrai nous l'obtiendrons tous si Dieu le veut si Dieu le veut
Ce vendredi c'est l'homme au pistolet d'or qu'on enterre
Hier c'est l'homme du 11 septembre qu'on jetait à la mer
L'homme qui se prenait pour un sphinx a fini dans une cage
Homme déconsidérer ses semblables ou son peuple est le pire des outrages

Et maintenant sommes-nous libres ou sommes-nous perdus
La démocratie peut éblouir à faire perdre la vue
Ils nous ont dit qu'on célébrerait nos morts en étant heureux enfin
quand le dictateur sera parti et la paix revenue enfin
L'Occident a dit Les lendemains chanteront à votre gloire
On y a cru ils nous l'ont dit avec tant de ferveur et d'espoir
Mais la liberté ne sera jamais un employeur
Elle n'est pas comestible non plus d'ailleurs
Je croyais que j'allais vivre enfin comme l'image que tu me donnais de toi-même
Tu me l'as dit tu nous l'as promis à demi-mot toi-même

Je cherche quelque chose de plus grand que moi de plus grand que tout ça
Mais comment donc l'obtenir mon Dieu
Ce vendredi c'est l'homme au pistolet d'or qu'on enterre
Hier c'est l'homme du 11 septembre qu'on jetait à la mer
L'homme qui se prenait pour un sphinx a fini dans une cage
Homme déconsidérer ses semblables ou son peuple est le pire des outrages

J'ai planté du jasmin ce matin dans ma cité HLM
Et je me suis demandé ce que je devais faire pour que la France elle m'aime
pour que la France elle m'aime.

CÉLINE

Il faut faire attention lorsqu'on utilise les mots
les verbes du peuple le parler de la rue
parce que du beau peut jaillir la laideur absolue
Et l'orgueil dont on se drape lorsqu'on est ceux qui ont mal
pour de vrai pour de faux ou par abus de langage
mérite bien un travail ou au moins un arrêt sur soi
Et puis le talent l'aspect novateur d'un style ça veut dire quoi
si ça ne fait pas aller vers l'autre
si ça ne nous fait pas aimer l'autre ?
C'est pas parce qu'on souffre qu'on est légitime
c'est pas ceux qui sont le plus mal qui sont les plus dignes
Alors t'as des mecs qui ont voulu s'approprier notre langage
parce que ça fait vendre
parce que ça fait authentique d'être de notre lignage
Mais voilà l'art véritable oblige à être responsable

Être rappeur c'est la classe
ça parle aux gens ça parle des gens
alors on a pas le droit de jouer un personnage
Question de principe on doit jamais oublier d'où l'on vient
Question poétique l'art ne doit jamais être mesquin

Il faut faire attention lorsqu'on utilise les mots
le verbe du peuple le parler de la rue
parce que du beau peut jaillir la laideur absolue
À force de vouloir faire rue on est devenu caniveau
C'est pas que c'est inutile un caniveau
c'est juste qu'on est devenus des « pas beaux »

On ne peut pas dire qu'on soit les plus à plaindre
mais de là à dire qu'on ne fait que feindre !
Les gars ils se parlent entre eux
ils se sapent
ils se rasent le crâne
ils se jaugent
ils aiment les marques
ils se volent leurs meufs s'insultent en prose
C'est notre culture
c'est la culture de masse

c'est notre culture
c'est la culture des nases
et on en a rien à faire du reste
c'est ça qui est triste
Dans ce monde y a-t-il une place pour la foi
pour la patrie ou la famille ?
Et ça ça nous concerne tous
qu'on parle mosquée synagogue ou église
qu'on soit croyant ou spirituellement sans domicile fixe
faire l'artiste jusqu'à ce que je sorte de ma nuit
parce que moi je sais qu'en vrai je suis tout petit

Il faut faire attention lorsqu'on utilise les mots
le verbe du peuple le parler de la rue
parce que du beau peut jaillir la laideur absolue
À force de vouloir faire rue on est devenu caniveau
C'est pas que c'est inutile un caniveau
c'est juste qu'on est devenus des « pas beaux »
Des « pas beaux »…

LES PETITS BAIGNEURS

C'est comme ça que l'histoire elle commence. J'avais décidé de plus faire de théories. De plus me raconter d'histoires. De plus parler pour rien et de dire que de vrais trucs. C'est Alex mon pote du rez-de-chaussée de la tour. J'habite au onzième étage. J'ouvre la porte quand il frappe et on se retrouve en bas de l'immeuble. Il fait beau. On a chacun un même sachet Mammouth mais on a pas fait exprès. Dedans y a nos maillots de bain, nos serviettes et nos thons «catalane». Il fait chaud. On marche tranquille vers le plan d'eau du Baggersee derrière le Mammouth justement mais on est loin d'y être encore. Alex, il cause pas trop d'habitude, mais là il parle plein ! Je le remarque peut-être parce que j'ai décidé de plus rien dire. Je l'écoute. «Le quartier, c'est trop pourri en été quand y a personne ! » Je suis d'accord avec lui. Il continue. «Toi, t'es comme moi tu pars jamais en vacances... »

Une fois, je suis parti en colonie. C'était nase. Y avait tous les enfants des familles à problèmes de Strasbourg.

Les mecs, ils se tapaient tous les jours malgré les punitions de fou du directeur. Du genre promenades nocturnes, excursions obligées pour toute la colo à des heures pas possibles. Pour punir ceux qui s'embrouillaient. Et pour qu'ils se fassent embrouiller par nous autres qui n'avions rien fait et qui nous faisions punir à cause d'eux. J'ai vraiment trimé. En rentrant, j'ai dit à ma mère : « Plus jamais ! » Et j'y suis plus retourné alors que pour mes frères chaque été c'est colonie de vacances.

Tout ça, je l'ai pensé dans ma tête mais j'ai rien dit à Alex. On a ensuite traversé la Meinau, la cité à côté de la nôtre. Les rares mecs qui traînaient devant leur bloc, ils nous regardaient moche, mais ils bougeaient pas parce qu'il faisait trop chaud à mon avis. Et puis, ils devaient se dire qu'y avait que des mecs du Neuhof qui pouvaient se balader pépère comme ça dans une autre cité que la leur. Alex, il remarquait pas tous ces détails, rien, qu'i' jactait. Il en avait rien à battre que je l'écoute ou pas, que je lui réponde ou pas. Du quartier jusqu'au plan d'eau, il a parlé

des vacances,

de l'école,

de Mitterrand,

de ses parents,
de la cité,
de son vélo crevé
du cinéma pour adultes (le Ciné Bref, au centre-ville),
de ses baskets Adidas neuves,
des Royal cônes à la pistache avec de la crème dessus
de Yamina (qu'on trouve tous super mignonne),
de Belkhacem (qui nous fait la misère),
de la coupe de cheveux de Yannick Noah,
des grands qui pompent de la colle,
des keufs,
du gnouf (rue de la Nuée-Bleue),
des mineurs à la prison Sainte-Marguerite...

Même une fois en maillot de bain, il continuait à jacter. On a nagé loin et longtemps. On a dépassé les plots rouges, mais on est revenus sur la rive. Y avait pas trop de monde et l'eau, elle était super bonne. Ensuite on a mangé nos sandwichs sans se regarder et sans rien dire. Et puis on est retournés dans l'eau. Sur le chemin du retour on s'est arrêtés au parc Schulmeister. Parce qu'on avait toujours chaud, on a descendu la petite rivière vers la Macon où on savait que c'était profond. On s'est remis en maillot et on s'est baignés de nouveau. Alex, il s'est remis au bord et il m'a regardé avant de plonger. J'ai entendu un bruit sourd quand sa tête est entrée dans l'eau et ensuite tout est allé très vite.

Alex dans un fauteuil roulant et moi dans l'héroïne. C'est comme ça que l'histoire elle se termine.

LA MARSEILLAISE

Il chausse ses crampons :
- a) pour l'enfant qui le regarde
- b) pour la nation qu'il défend
- c) pour lui-même.

LE MARSEILLAIS

Il est arrivé comme Belsunce dans notre quartier
comme s'il débarquait d'un livre de Pagnol
C'est sensiblement pareil le Neuhof et le Quartier Nord
Violent comme nous sauf que lui dégageait notre ciel
comme le mistral lorsqu'il parlait
Il disait « Je crains dégun » avec la confiance de ceux
    qu'ont le soleil comme patrie
Il tirait selon lui sa baraka de la Bonne Mère quand il
    faisait de la thune
et ça nous faisait « goleri »
À l'époque franchement on ne pensait qu'à notre gueule
    pour être honnête
alors que lui il envoyait des mandats à ses potes à la
    prison des Baumettes
Quand le soleil tapait fort il nous parlait des îles du
    Frioul
avec tant d'éloquence que dans la cité on disait qu'il était
    fou

Il était rasta mais plutôt côté Massilia Sound System
avec l'esprit de Marius en plus mais côté victime du système

Le Marseillais, on est là... Seul, seul

Il avait le biais pour faire caguer son monde
parce qu'il pouvait être relou quand ça le prenait
et dans la cité on finit toujours par ostraciser celui qui fait de l'ombre
Et avec son tempérament mistral fallait surtout pas l'incendier
il commençait à avoir du mal à traîner son ombre jusqu'au soleil
mais avait toujours l'âme de ceux qui sont unis par une ville
Il disait que même loin Notre-Dame montait la garde pour lui
Mais c'est surtout dans notre milieu que les valeurs commençaient à se taire
Pourtant lui en loyauté restait aussi traditionnel qu'une bouillabaisse
Quand le soleil hissait son drapeau il nous contait les calanques de Sormiou

comme une contrée magique et dans la cité on disait qu'il était fou
Toujours rasta mais il virait côté mauvais trip
un peu dans le style Fanny côté esprit de sacrifice

Le Marseillais, on est là… Seul, seul

Il souriait mais piquait du nez à cause de l'héroïne
Baver fait du bien à Bertrand il te le rend en caguant
Lui il nous aimait vraiment quand nous on le trouvait juste marrant
En vrai c'est à cause de nous à cause de la cité qu'il n'a plus été clean
parce qu'après Avignon c'est le Nord et le climat peut y être glacial
pour tous ceux de toutes les couleurs qui sont de la race de Frédéric Mistral
On le regardait comme s'il n'était pas comme nous et c'était bête
parce que comme il le disait lui-même on était pareils
tous prisonniers de la Tess
Alors qu'il y avait un cagnard à faire évaporer la mer
lui il était allongé dans une cave du Grand Est

Il était plus ou moins rasta mais côté Jim Morrison
La vie avait été pour lui comme Panisse pour Césariot
et maintenant il n'y avait plus personne

On est là... Seul, seul.

DÉSINTÉGRÉ

Ça fait mal
de ne pas voir son visage lorsqu'on se regarde dans une
 glace
ça fait mal de s'voir comme un autre
et de n'pouvoir donc se reconnaître
Elle fait mal au départ la maladie d'l'indifférence
Il est tellement virulent l'virus d'la non-reconnaissance
qu'à la fin on s'en tape
d'la gueule d'autrui mais d'la sienne aussi
Disons qu'c'est anonyme comme le CV
parce que pareil i' s'fout d'ta gueule
pas juste on s'en fout mais on s'moque carrément d'toi
parce que t'as carrément pas la gueule de l'emploi
Je veux dire t'as pas une gueule carrée donc t'es peut-
 être pas si carré qu'ça
mais i' finiront par t'la mettre ta gueule au carré
Et ça dès l'départ c'est juste à toi qu'on l'avait pas dit
alors on t'donne de quoi alimenter

nourrir un mensonge qu'est déjà bien gras
et qu'a déjà sacrément d'la gueule
T'as qu'à choisir négro bougnoule
et d'vant toi on s'excusera pour sûr
désolé il vient juste d'être loué
oh je suis confus vous êtes un peu trop qualifié
quand il y en a un ça va mais c'est quand il y en a plusieurs vous savez
c'est vrai que vous vous êtes en tout point différent de vos semblables
Et je pourrais continuer longtemps comme ça ma gueule
c'est vrai qu't'es né là
mais ça change rien
c'est à cause de ta gueule
Et en plus tu veux pas la fermer ta gueule
c'est normal tes parents i' disaient rien
ni à toi ni à personne d'ailleurs
i' cognaient
Et quand ils l'ouvraient
i' disaient justement qu'i' fallait surtout pas qu'tu l'ouvres ta gueule
parce qu'on avait déjà bien d'la chance d'être là
Toi tu t'disais au-dedans
mais où voulez-vous que je sois

mais au-dehors tu disais rien
tu cognais
et regardais autour avec des yeux ronds
tous ces gars qu'avaient la même gueule
et les mêmes galères que toi
Alors t'as voulu voir ailleurs
voir en vrai les gueules du miroir de la grande glace au milieu du salon où toute la famille se mirait
se reconnaissait pas mais faisait comme si
Et t'as fini par les voir ceux comme qui t'étais censé être
ou devais devenir
Tu leur as fait un sourire
i' t'ont dit Casse-toi
tu leur as tendu les bras
i' t'ont dit Retourne chez toi
tu t'es dit Quitte à être seul
tu leur as pété la gueule...
Ça fait mal hein
de ne pas voir sa gueule lorsqu'on se regarde dans une glace.

LA RÉUSSITE

Ils pourront pas toujours nous la faire à l'envers, cousin !

MABROUK

C'est un bâtard c'est ce que disent son œil et son poil mais il a du chien
Chaque matin il court la gamelle c'est ce que lui ont appris ses maîtres successifs
Chaque lendemain il ronge l'os qu'il peut ce n'est pas excessif
Les rues sont froides à même le sol on se fait humilité
Les rues aboient même si t'es chien c'est l'agressivité
Au fil des journées les instants se succèdent d'errance en errance
à force de tourner la queue entre les jambes de la désespérance

C'est un bel être qui se fait entretenir comme un bellâtre
Chaque matin il se lève se fait pouponner l'esprit tranquille
Chaque lendemain il plonge la tête la première dans cette vie facile

Les rues sont clean se déclinent en promenade sur les grands boulevards
Les rues déciment ceux qui dépriment sous ce ciel nappé d'espoir
Au fil des journées les instants se succèdent mielleux à souhait
à force de tourner comme dans un rêve dans ce manège enchanté

C'est un bâtard c'est ce que disent son œil et son poil mais c'est un homme
Chaque matin il court la gamelle c'est ce que lui ont appris ses maîtres successifs
Chaque lendemain il ronge l'os qu'il peut ce n'est pas excessif
Les rues sont froides à même le sol on se fait humilité
Les rues aboient en chien ou pas « Quel est ton pedigree ? »
Au fil des journées les instants se succèdent d'errance en errance
à force de tourner la queue entre les jambes de la désespérance

C'est un bel être qui se fait entretenir comme un bellâtre mais c'est un chien

Chaque matin il se lève se fait pouponner l'esprit tranquille

Chaque lendemain il plonge la tête la première dans cette vie facile

Les rues sont clean se déclinent en promenade sur les grands boulevards

Les rues déciment ceux qui dépriment sous ce ciel nappé d'espoir

Au fil des journées les instants se succèdent mielleux à souhait

à force de tourner comme dans un rêve dans ce manège enchanté

Voilà notre monde où il fait quelques fois mieux vivre en étant une bête qu'en étant un homme.

COMME DANS UN RÊVE

Je ne rêve ni en arabe ni en lingala
pas même en wolof pas même en bambara
Je ne rêve ni en espagnol ni en anglais
mais parle aime et rêve en français
Et comme ils ne sont pas dans ma tête
et encore moins dans mon cœur en fait
ils disent qu'ici c'est pas chez moi quand même
Je rêve donc éveillé pour qu'ils me comprennent.

ÉGALITÉ DES CHANCES

Ils nous disent « oui » avec la tête
mais ils nous disent « non » avec le cœur.

DES CHIFFRES ET DES ÊTRES

– Voyelle
– E

– Consonne
– N

– Voyelle
– I

– Consonne
– F

– Voyelle
– E

– Consonne
– B

– Consonne
– T

– Voyelle
– E

– Consonne
– C

– Consonne
– S

– Neuf lettres
– Pas mieux

– BÉNÉFICES.

LORSQU'ILS ESSAYÈRENT

Il y avait plein de gens autour des gens qu'avaient leur propre histoire
Ils étaient ados au tout début des années 1980 alors ils étaient pleins d'espoir
Ça allait changer après mais ça ils le savaient pas encore
Ils étaient tristes y en a même qui pleuraient mais vu la situation ils étaient au fond quand même forts

Lorsqu'ils essayèrent de réanimer Malik

Et pour écharpe y en a qui portaient le keffieh palestinien
Sur leurs T-shirts d'un badge *Touche pas à mon pote* ils étaient ceints
(Syn)thétisaient jeunes de cité toute une pensée révolutionnaire
en fredonnant Bob Marley pour ceux qui pensaient international

ou Renaud banlieue rouge pour ceux qui connaissaient
quelques bribes de *L'Internationale*

Lorsqu'ils essayèrent de réanimer Malik

Au Dakar des vedettes s'en vont et d'autres s'en
viennent
voguant sur des océans couleur sable télévisuelle
C'était le tout début de ces jeunes ambitieux qu'ont dit à
nos grands frères et nos grandes sœurs : « On s'occupe
de tout, vous inquiétez d'rien ! »
Toutes les grandes villes de France s'appelaient alors
Lyon ou Vaulx-en-Velin
Certaines actions devinrent direct spectaculaires
parce que pour certains le propos était devenu vain

Lorsqu'ils essayèrent de réanimer Malik

Des fois ça craint, ça crise t'as des gens qu'ont faim
C'était l'époque où des chanteurs se réunissaient
et chantaient : « On est le monde... On est un »
Bonhomie solidaire dissimule les fissures de l'être
Être... ou ne pas être... en vie

Lorsqu'ils essayèrent de réanimer Malik

Il y avait plein de gens autour de lui des jeunes gens qui voulaient faire l'Histoire
Ils trouvaient cette manif' universitaire drôle comme Kafka ou Beckett faut croire
Ça allait changer après parce que la vie c'est plus vrai que les livres encore
Ils étaient tristes de le voir inanimé comme ça sur le sol
ils pleuraient tous mais vu le dramatique de la situation ils étaient tous quand même forts

Lorsqu'ils essayèrent de réanimer Malik

Et pour couronner le tout la nuit vrombissait chevauchée par une sorte de gendarme à moto
Comme un faible écho de cette nuit cousine germaine où il a plu des cristaux
(to)talitaire pensée fascinante la bête immonde peut prendre de subtiles formes
pour ceux qui ont peur de leurs jeunes, pour ceux qui se rendent pas compte qu'on est tous juste des hommes

Lorsqu'ils essayèrent de réanimer Malik

Au placard nos pères et mères rangèrent leurs roses et leurs rêves
Mais pas tout de suite
cela se fit progressivement d'illusions en désillusions
Toutes les grandes villes de France allaient bientôt s'appeler banlieue

Eh oui lorsqu'ils essayèrent de réanimer Malik...
et que celui-ci ne se réveilla pas.

LA FRANCE

La France que nous appelons de nos vœux n'est pas préfabriquée c'est à nous de la construire

La France ne doit pas être confondue avec ceux ou celles qui la représentent (plus ou moins bien)

La France n'est pas seulement ma nourrice c'est elle qui m'a mis au monde

La France terre d'accueil Islam secret de l'esprit des templiers qui transforme le plomb en or

La France c'est moi aime-moi ne me rejette pas je prends ma place je m'appartiens

La France c'est notre bled que tu le veuilles ou non

La France c'est chez moi J'ai entendu un jour Retourne chez toi Il s'en est fallu de peu pour que j'y croie

Aimer son pays c'est respecter la destinée qui a lié notre destin prendre les armes de la paix et aller sur le front du quotidien

Aime-la ou quitte-la ? Comment quitter la femme qui m'a mis au monde ?

Apprendre à brandir le drapeau

Est-il un homme celui qui renie sa mère ?
Est-il humain celui qui dans ce monde se croit plus chez lui qu'un autre ?
C'est celui-là même qui ignore que l'histoire c'est ce qu'il crée pour demain.

CONTE ALSACIEN

C'est l'histoire d'un jeune homme et d'une jeune femme qui se partagent un cœur et qu'ont des rêves plein la tête. Ils se parlent du regard, du bonheur qu'ils auront, de leur vie à deux qui sera une fête. C'est cette Afrique, qu'est pourtant un beau et grand continent, qu'ils s'apprêtent à quitter, à la fois par contrainte et par innocence. C'est au Café Nono, dans le quartier de Poto-Poto où ils échangèrent devant un verre leur premier « Je t'aime », qu'il lui dédia cette danse. Oui, celle-là...

C'est bête, c'est beau de jeunes amoureux, c'est beau, c'est bête de jeunes amoureux qui dansent.

On dirait l'Alsace de Brazza à Kinshasa.

On dirait l'Alsace d'Oujda à Tlemcen.

On dirait l'Alsace partout où les cœurs se terrent.

On dirait l'Alsace où la terre a un cœur.

Mer dat seye s'elsass von Brazza bis Kinshasa.

Mer dat seye s'elsass von Oujda bis Tlemcen.

Mer dat seye s'elsass do wo d'harze sich versteckle.

Mer dat seye s'elsass do wo d'ard er harz het.

C'est l'histoire d'un jeune homme et d'une femme qui regardent leurs enfants grandir. Ils se parlent peu et rares sont devenus les moments de bonheur qu'ils vivent à deux pour tout dire. C'est à cette Afrique, qui n'existe plus que dans leurs souvenirs, qu'ils s'accrochent comme à un continent à la dérive. C'est comme vidés d'eux-mêmes qu'ils se déchirent ; pourtant, ils s'aiment et les voisins dans l'immeuble le savent bien, parce que quelquefois ils dansent. Oui, comme ça...

C'est bête, c'est beau de jeunes amoureux, c'est beau, c'est bête de jeunes amoureux qui dansent.

On dirait l'Alsace de Brazza à Kinshasa.

On dirait l'Alsace d'Oujda à Tlemcen.

On dirait l'Alsace partout où les cœurs se terrent.

On dirait l'Alsace où la terre a un cœur.

Mer dat seye s'elsass von Brazza bis Kinshasa.

Mer dat seye s'elsass von Oujda bis Tlemcen.

Mer dat seye s'elsass do wo d'harze sich versteckle.

Mer dat seye s'elsass do wo d'ard er harz het.

C'est l'histoire d'une femme qui va pour la énième fois rendre visite à l'un de ses plus jeunes fils au parloir. Il lui dit : « C'est rien, m'man ! » Et elle, elle pleure, n'arrivant même plus à soutenir son regard. C'est cette

Afrique qu'il ne connaît pas qui soleille sa peau et sourit derrière son accent alsacien. C'est toute seule qu'elle monte dans ce tramway nommé douleur pour rejoindre les siens. Qui dansent, oui... qui dansent de douleur.

C'est bête, c'est beau de jeunes amoureux, c'est bête, c'est triste lorsqu'on ne danse plus.

On dirait...

On dirait l'Alsace où la terre a un cœur.

HLM TANGO

On est près de... voire plus de 60 millions mais on ne voit que soi. Alors que c'est dans le regard de l'autre finalement qu'on devient soi.

Je suis le gars de tess, le mec de banlieue qu'aurait pu finir shooté à l'héroïne. Perdu dans une cellule ou rempli de colère salissant la belle religion qu'est l'Islam en ne pensant qu'à détruire. Mais les yeux de quelqu'un m'ont dit un jour que tout ça ce n'était pas moi. Et alors seulement à ce moment-là j'ai pu devenir l'homme que tu vois. Mais si tu dis sans cesse de nous qu'on est pas chez nous, qu'on est pas comme toi. Alors, pourquoi tu t'étonnes quand certains agissent comme s'ils étaient pas chez eux, comme s'ils étaient pas comme toi ? Et ce Noir ou ce Rebeu que tu croises dans la rue, quel regard lui portes-tu ? Parce que c'est ce regard qui va déterminer chaque lendemain de son existence et de la tienne aussi. Parce qu'être français sur le papier ne suffit pas si, dans tes attitudes, il n'y a pas la même reconnaissance aussi.

Le temps presse et c'est pas repeindre les murs qu'il faut, mais mettre la lumière dans les êtres.

On est près de... voire plus de 60 millions mais on ne voit pas soi. Notre identité est dans les yeux de l'autre comme dans un miroir on se voit.

Sous le voile de cette Musulmane peut se cacher un être libre transi d'amour et de respect pour la République. Mais que dit le regard sous l'emprise d'une forme de peur médiatique ? Sous sa kippa, peut-être un être totalement épris de justice. Mais que dit le regard sous l'emprise d'une forme de mode médiatique ? Porter le changement comme un fardeau sur son propre chemin de croix. Et se dire que c'est pas possible parce que c'est ce que le regard de l'autre nous renvoie. Alors, on se réveille chaque lendemain de ce qu'est notre existence. En ayant la conviction toujours un peu plus profonde qu'on ne mérite pas de reconnaissance. Comment veux-tu qu'on pense autrement si personne te calcule ? Le temps presse, on est des êtres, pas juste une addition, une soustraction ou une division dans un de leurs calculs.

On est près de... voire plus de 60 millions mais ils ne voient qu'eux. C'est ce qu'on se dit, jeune de cité, quand en famille le soir on est devant la télé.

C'est ce qu'on se dit quand ce qu'on voit à l'écran ne reflète en rien la réalité qu'on connaît. C'est dans le regard de l'autre qu'on devient soi, mais s'ils ne voient qu'eux ? Alors, nos principes resteront inertes comme la pierre dans laquelle ils sont gravés. C'est contre cela qu'on doit se battre et quand tout ça sera terminé – je veux dire : au terme de notre existence – avoir été debout jusqu'à la fin sera notre ultime fierté. Au fond, pour ma part, il n'y a qu'La Vérité qui ait d'yeux. Et si je n'ai pas réussi à vous convaincre de cela, c'est moi qui n'ai pas été à la hauteur. Au fond, pour ma part, il n'y a qu'La Vérité qui est Dieu. Et si je n'ai pas réussi à vous convaincre de cela, c'est moi seul qu'il faut blâmer. Le temps presse, faut qu'on bouge et pas juste attendre que la machine nous broie.

LE COIN DE L'IMMEUBLE

Le coin de l'immeuble
fut un continent
Bien sûr la cité autour était un océan
et nous y galérions seuls
Le coin de l'immeuble
fut un continent

Ni la nuit ni le jour
ni le feu sans foyer
ni ma 103 rouge
ni les trous de boulettes sur mon peau de pêche
ni la nuit n'y peut rien pour
Ni ceux du quartier d'à côté
ni l'embrouille ni celui qui s'est fait fumer
ne pourront remonter le temps
ne pourront – s'ils avaient su ! – baisser d'un ton
Mais qu'importe le bruit à présent
c'est un sommeil que rien n'interrompt

Le coin de l'immeuble
fut un continent
Bien sûr la cité autour était un océan
et nous y ramions seuls
Le coin de l'immeuble
fut un continent

Ni le pot de ma 103 sport
ni casque ni visage dans l'vent
ni la classe qu'on avait dans l'temps
ni notre ancrage ni nos reports
ni ceux de la cité d'en face
ni brune ni quart de gramme
ne pouvaient nous faire oublier
Ni nous ni nos semblables
N'allaient pouvoir vivre autre chose
à peine dire quelque chose
Sur quoi pleure-t-on vraiment

Le coin de l'immeuble
fut un continent
Bien sûr la cité autour était un océan
et nous y voguions seuls

Le coin de l'immeuble
fut un continent

Et c'est la danse de la pluie
mais pour qu'il cesse de pleuvoir
sur mes vêtements propres
achetés avec de l'argent sale
des crachats noirs de sang
et la pisse de la peur
Et on danse pour la vie
puisque la mort rôde
Sans cesse donc se racheter
fleurir dans l'herbe du regret
parce que...
Il y a plein d'choses qu'on s'raconte plus
il y a d'la honte et d'la pudeur juste
même chez ceux qui se traitent de fils de...

Le coin de l'immeuble
fut un continent
Bien sûr la cité autour était un océan
et nous y ramons seuls
Le coin de l'immeuble
fut un continent

Et tu aurais pu
perdre la vie bêtement
ou te faire mal sérieusement
Mais les gens changent heureusement.

CATHÉDRALE

Si le Rhin est un fleuve on parle d'un corps il y a une âme
Une langue est une région hostile pour ceux dont l'oreille a cessé de battre
Battre le pavé sur les routes de ceux qui ne s'entendent même plus eux-mêmes
Et qui ont le cœur assez à la rue pour qu'il ne cesse jamais d'appeler à l'aide
Si cette indigence depuis toujours colombage leur être
si les cigognes dans le ciel ne sont qu'allusions spirituelles de ce qu'ils voudraient être
alors ils sont cathédrale alors je suis cathédrale alors ils sont cathédrale

Si le pays est plat même si les Vosges ondulent dans notre accent
c'est qu'on reliéfe nos vies on est cette terre et l'eau en dessous est notre sang

Certains d'entre nous sont tombés de la lune mais beaucoup ont fait comme si nous avions toujours été là
Si de l'extérieur on a cru le plus grand nombre extrême c'est que même dans une forêt immense l'arbre tombe toujours avec fracas
Pour vous l'île est au large de la mer pour nous l'Ill ne sera jamais frontière
Si on Eckhart ses voiles intérieurs on couronne chacun de nos actes
alors ils sont cathédrale alors je suis cathédrale alors ils sont cathédrale

S'il fait chaud puis il fait froid c'est qu'ici le temps te teste
Si son peuple est froid c'est pour donner du sens à la chaleur des liens qui viendront peut-être
si c'est le cas si tu as besoin de moi je serai là
si c'est le cas c'est le frère que tu n'as pas qui sera pour toujours à côté de toi
Si la neige est l'uniforme que revêtent quand vient la saison les hommes et la terre
si la neige est l'uniforme rêvé pour qu'on soit semblable à des frères
alors ils sont cathédrale alors je suis cathédrale alors ils sont cathédrale

Si je Bartholdi mes rimes mes vers c'est que mon architecture est germaine
Si je Fatou Diome mon esprit littéraire c'est que mes fondations sont africaines
C'est au nombre de voitures brûlées à Noël qu'on devine si la nouvelle année sera belle
Si l'horizon fixe son œil fuyant pour mieux saisir de ses mains le Ballon d'Alsace
si les cigognes ne sont qu'allusions universelles de ce qu'on voudrait être
alors ils sont cathédrale alors nous sommes tous cathédrale.

PRIÈRE DE RUE

Elle se prosterne boulevard Ney
Son nez tout juste poudré
reflue l'espoir qui sort d'elle rouge
Évidemment personne ne bouge
Un coup de feu et tout le monde se couche
Elle morte sac à main vide
blanche poussière d'ange et préservatifs

Ça ressemble donc à ça une prière de rue

Sur ce trottoir qui singeait l'amour
une bande de jeunes court
Ennemis amis de circonstance
galèrent autour de l'Île-de-France
ils vendent un peu attendent leur heure
se respectent seulement quand l'un d'eux meurt
Ils devraient courir en pleurant
c'est juste que pleurer ce n'est plus si courant

Ça ressemble donc à ça une prière de rue

Gardiens de l'ordre vêtu de bleu
et tout ce désordre qui monte aux yeux
tout le monde s'agenouille quelque part
et répète son propre départ
sous la bannière triste héros
De rester à distance ils prient les badauds

Ça ressemble à ça aussi une prière de rue.

C'EST DU LOURD !

Je me souviens Maman qui nous a élevés toute seule
nous réveillait pour l'école quand on était gamins
elle écoutait la radio en beurrant notre pain
et puis après elle allait au travail dans le froid la nuit
ça c'est du lourd
Ou le père de Majid qu'a travaillé toutes ces années de
 ses mains dehors
qu'il neige qu'il vente ou qu'il fasse soleil sans jamais se
 plaindre
ça c'est du lourd
Et puis t'as tous ces gens qui sont venus en France parce
 qu'ils avaient un rêve
et même si leur quotidien après a plus ressemblé à un
 cauchemar ils ont toujours su rester dignes ils ont
 jamais basculé dans le ressentiment
ça c'est du lourd
Et puis t'as tous les autres qui se lèvent comme ça tard
 dans la journée

ils se grattent les bourses je parle des deux hein ?
celles qui font référence aux thunes du genre la fin justifie les moyens
et celles qui font référence aux filles celles avec lesquelles ils essaient de voir si y a moyen
ça c'est pas du lourd
Les mecs ils jouent les chauds *zarma* devant le bloc
dealent un peu de coke de temps en temps un peu de kecra
et il te dit : J'connais la vie moi Monsieur
alors qu'il connaît rien le gars
ça c'est pas du lourd
Moi je pense à celui qui se bat pour faire le bien
qu'a mis sa meuf enceinte qui lui dit J't'aime j'vais assumer c'est rien c'est bien
qui va taffer des fois même pour un salaire de misère
mais le loyer qu'il va payer la bouffe qu'il va ramener à la baraque frère
ça sera avec de l'argent honnête avec de l'argent propre
ça c'est du lourd
Je pense aussi à ces filles qu'on a regardées de travers parce qu'elles venaient de cités
qu'ont montré à coups de ténacité de force d'intelligence d'indépendance

qu'elles pouvaient faire quelque chose de leur vie

qu'elles pouvaient faire ce qu'elles voulaient de leur vie

ça c'est du lourd

Mais t'as le bourgeois aussi le genre emprunté mais attends je généralise pas

je dis pas que tous les bourgeois ils sont condescendants paternalistes ou totalement imbus de leur personne

non parce que

ça c'est pas du lourd

Je veux juste dire qu'il y a des gens qui comprennent pas

qui croient qu'être français c'est une religion une couleur de peau ou l'épaisseur d'un portefeuille en croco

ça c'est bête

c'est pas du lourd

c'est...

La France elle est belle tu le sais en vrai la France on l'aime

y a qu'à voir quand on retourne au bled

La France elle est belle regarde tous ces beaux visages qui s'entremêlent **ça c'est du lourd**

Et quand t'insultes ce pays, quand t'insultes ton pays en fait tu t'insultes toi-même

Faut qu'on se lève faut qu'on se batte ensemble

Rien à faire de ces mecs qui disent Vous jouez un rôle ou
 Vous rêvez
de ces haineux qui disent Vous allez vous réveiller
Parce que si on y arrive si on arrive à faire front avec nos
 différences
sous une seule bannière comme un seul peuple comme
 un seul homme
ils diront quoi tous hein ?
ben qu'**c'est du lourd**
Du lourd, un truc de malade...

SINGE*

Dis donc ! Mais il s'exprime vraiment bien pour un…

---

* Vous pouvez changer «Singe» par «Enfant», si vous n'êtes pas animés par un racisme primaire mais plutôt par une innocente condescendance.

SINGE SAVANT*

Il parle à l'oreille de mon manager :
– Et c'est lui-même qui écrit tous ses textes ?

---

* Vous pouvez remplacer «Singe savant» par «Enfant prodige», pour les mêmes raisons que précédemment.

IN FINE

À DJ Mehdi

Eux disaient un temps que nous étions leurs défauts
eux voient bien à présent que nous sommes leurs héros.

MONTPARNASSE

Écrire ensemble une autre Énéide
une épopée nationale se souvenir de Virgile
ou de Dante est un acte héroïque
Comment ne pas finir en sang dans ce nouveau cycle
Nouveau siècle nouveau millénaire poésie urbaine à l'assaut de l'Antéchrist
Nuit du destin qui fera festin L'humeur angélique ou les rumeurs d'Apocalypse
sniffent la ligne de trop La peur est la coke d'une époque tragique
Notre auguste ego en ligne de mire
rédemption d'un peuple par l'écrit
lis au nom du Seigneur qui t'a donné la vie
Gravé sur le fronton du Temple de Delphes
et sur le front de la Mosquée de la Tess
se reconnaître en l'autre c'est le « connais-toi toi-même »
L'histoire se répète et se différencie
N'est-ce pas là le symbolisme du crucifix

le geste le verbe et l'aiguille
matière poétique illicite et deal de paradoxes
des mots et des camés
À chacun sa drogue !

JE SUIS MUSULMAN

J'atteste qu'il n'y a de réalité que « La Réalité »...

LA VOIE

La Voie
c'est dessiner au mieux une figure imposée
dans l'espoir d'escalader les massifs du libre arbitre
ou de la destinée
et se découvrant subitement voyageur apeuré dans les profondeurs de sa jungle intérieure
s'en remettre au guide dont notre orgueil puéril nous interdisait jusqu'alors de prendre cette main tendue par la providence
Oui
la voie nous conduit
d'abord sur les rivages de l'océan des secrets
où la lune est le soleil des esprits
puis nous invite corps lourds à nous dévêtir de nous-mêmes
avant d'entrer dans l'eau du mystère
c'est donc la mue du désespoir qui gît telle une étoffe sans vie à nos pieds

La voie est un camouflet pour l'errance et on s'y perd pourtant
tout étonné de s'apercevoir qu'ici c'est l'ignorant qui est le vrai savant le riche celui qui n'a aucune prétention au-dedans
et se plaît même à être le premier des indigents
A-t-on déjà vu ailleurs des pauvres s'appeler entre eux Monseigneur
La voie est la raison d'être de la miséricorde
la rançon de la sollicitude
elle est le poumon de la sérénité
l'autre parent de toutes les vérités
le clairon des initiés
elle sillonne les âmes et les vallées
et les membres se mettent à parler
La voie n'est jamais tracée
la voie est à jamais présente
on ne sait jamais
n'être plus jamais
jamais plus jamais
Et lui qui a servi son maître pour recevoir
n'a voulu que son amour et sa guérison propre en retour
En faisant don de sa volonté propre
il s'est élevé d'une élévation difficile à atteindre

dans ces trésors si jalousement gardés
Il n'en a laissé rien paraître
et demeuré parmi les siens
il s'est enfoui au tréfonds des cœurs assoiffés
qui frappaient à sa porte
Qui es-tu C'est moi et la porte reste close
Qui es-tu C'est moi et des larmes s'y déposent
Qui es-tu C'est toi et la porte s'ouvre enfin
Où donc avais-je le cœur
Ce monde est une ombre qui nous happe
quand l'astre s'occulte devant l'absence de notre regard
Mais la grâce fait jaillir
l'indicible parole de lumière d'or
de soufre rouge et de métal blanc
de souffle court et de transparent
Vision éveillée
d'une époque désenchantée
Je veux dire comme le chanteur
qu'elle chante d'autres chants
que ceux qui ont été cachés
aux sages
aux intelligents
et révélés aux enfants
aux tristes aux paumés

aux cœurs brisés
aux femmes esseulées
aux cloches aux drogués
aux petits aux dénués
aux faibles aux ruinés
aux malades aux laminés
Et donc les champs de blé
les chants des partisans
les chants des sirènes
les chants de paix
les chants de guerre contre soi-même
l'appel à la prière
l'appel du 18 juin
l'appel des anciens – Stéphane Hessel
le chant du cygne
les chants des signes
les chants des origines
la chanson de Prévert
l'Orient et l'Occident
le noir et le blanc
le début et la fin
la prophétie et le mythe
le retour du Christ
Israël et la Palestine

le réveil de l'Afrique
la grande muraille de Chine
le déclin de l'Amérique
le sacré et le profane
s'alternent sur la Voie :
avoir le courage d'être soi
et d'aimer l'autre quoi qu'il en soit.
Merci à toi Sidi Hamza de m'avoir mis sur la Voie.

JÉRUSALEM

Je priais pour toute l'Humanité soudain
réalisant que l'existence prend son sens quand on est
　un
Ainsi je priais avec la force où tout s'origine
puisque l'amour de tout est à l'origine

Je priais soudain pour mon ennemi
réalisant que derrière le masque se cachait l'Ami
À mi-chemin de la prière en pleurs
puisque l'amour fait disparaître les peurs

Soudain je priais comme un rabbin
réalisant que tout adieu toujours revient
Revenant à moi le Coran comme le livre de David
puisque l'amour éteint ce qui divise

Je comme un apôtre du Christ soudain priais
réalisant que si chacun sa pierre porte

La porte restait fermée à la grâce
puisque chacun en ce monde a sa place

Je croyais en l'homme soudain comme celui qui ne prie pas Dieu
Réalisant que tous les êtres sont finalement pieux
Peu étant la mesure de ceux qui croient réellement en eux
Puisque la comédie de ce monde se joue sous leurs yeux

Je priais interpellant soudain les vivants qui sont des morts
réalisant que certaines personnes mortes vivaient encore
Ont tort ceux qui ne peuvent entendre tout ça
puisque le souvenir est de cette vérité l'éclat

Je me prosternerai moi le musulman pour l'Humanité jusqu'à la fin
ayant réalisé que l'existence prenait tout son sens quand on était un
Ainsi je prie avec force là où tout s'origine
puisque l'amour de tout est à l'origine.

LA NUIT DU DESTIN

Voilà ce que, ce soir-là, m'a dit mon maître Sidi Hamza :

– La vraie connaissance ne s'obtient qu'avec humilité. La démarche pour s'acheminer vers elle est semblable à celle d'une personne qui voudrait boire l'eau d'un ruisseau. Cette personne devra se baisser pour atteindre ce qu'elle recherche.

En réalité, cette eau qui désaltère se situe toujours dans les lieux les plus bas...

Après un long silence, il a ajouté :

– Lorsque le cheminant connaît son Seigneur, tous les êtres jouissent à ses yeux d'une égalité parfaite. Celui qui connaît Allah sait Le reconnaître à travers toutes Ses créatures. Celui qui ne perçoit pas la lumière de la miséricorde divine qui émane de toutes les créatures – et donc discrimine –, celui-là n'a pas la connaissance d'Allah.

Il s'agit donc de respecter et d'aimer essentiellement toute l'Humanité. Allah ne regarde ni votre apparence ni ce que vous possédez, mais ce qui est enfoui au tréfonds de vos cœurs...

LETTRE À MON FRÈRE MATTÉO

New York, 3 juillet 1999

« Nous avons fait de vous des nations et des tribus, afin que vous vous entreconnaissiez. »
Coran, sourate 49, verset 13

Me voilà donc à nouveau dans la ville de Big Daddy Kane, The Notorious B.I.G., Nas, Jay-Z et tous les autres ! J'ai pensé à eux tous en faisant mes courses à Brooklyn, ce matin. Bien sûr, Nas est du Queens, mais j'ai pensé à lui parce que je l'ai croisé hier à Soho en sortant de studio, je te raconterai... En allant prendre le métro ce matin, quand j'allais à Brooklyn donc, je suis tombé sur une petite librairie qui vend de vieux livres. Et devine quoi ? En farfouillant un peu, j'ai trouvé une édition originale de *L'Étranger* de Camus. C'est dingue, non ? Je l'ai eu pour rien, j'étais comme un ouf. Je me suis mis à le relire dans le métro. C'est peut-être la chaleur ou la clim', ou bien peut-être l'ambiance et l'odeur des pages du bouquin, ou bien encore la démesure américaine... Ce qui est sûr, c'est que j'ai pris une grande décision, ça a été comme ça, comme une révélation ! Je me suis dit, comme si je réalisais dans ma chair et dans mes tripes que j'étais la France, comme si j'étais un truc inédit et connu en même temps, une sorte d'identité collective, que fallait à partir de maintenant que je représente. Mais pas juste comme dans les skeuds de rap, je veux dire pas juste dans mes textes et mes attitudes mais pour de vrai à l'intérieur. Comme si j'étais en même temps Baudelaire, Sartre, Camus, Césaire, Deleuze, Derrida, Baudrillard, Foucault, l'abbé Pierre, Glissant, Debray, Monod, Gréco, Brel, IAM, NTM et les deux robots de Daft Punk. Comme si j'avais conscience d'un destin mais pas façon ego, grosse tête, prise de tête et tout ça, mais pour de vrai. Comme si je m'éteignais en tant qu'individu et que je devenais porteur d'une énergie. De l'énergie qu'on véhicule lorsque l'on représente vraiment. De l'énergie qui irradie quand on aime pour de bon. C'est pas évident de décrire ce que j'ai ressenti. C'était comme si je m'offrais à l'universel, comme si j'étais un peuple à moi tout seul. Le chaînon manquant entre le rêve et la réalité. Quand on ressent un truc comme ça, a-t-on encore le droit de renoncer à l'infini ou d'être honteux de sa passion pour l'utopie ?

Je suis sûr maintenant, mon refré, que l'impossible aura lieu, ne me demande pas une explication, je serais incapable de t'en donner une, mais je suis convaincu que cet impossible va réellement advenir ! Ce n'est plus simplement l'Histoire que nous devons écrire, mais la Légende. Le genre de celles qui nous font croire que l'homme est bon – ou, du moins, qu'il peut, qu'il doit absolument le devenir sous peine de disparaître vraiment. Ce n'est pas de l'ambition au sens de vanité. Au sens de donner une importance particulière à un individu particulier. Dans le genre d'un gars qui se sentirait meilleur que les autres, qui se croirait plus grand. Ce sentiment me disqualifierait d'avance si je l'éprouvais et je ne pourrais t'écrire cette lettre finalement si, après cette ouverture égotique, j'étais effectivement devenu suffisant. Tu comprends bien, toi, que je ne parle pas de moi mais de nous tous, ensemble. Du fait que nous sommes peut-être arrivés au moment du pourquoi nous sommes nés. Au moment de passer à une communauté de destins à un destin commun.

Au fond, tout toujours dépend de nous, mais tout dépend toujours au préalable de sa propre rencontre avec soi-même en tant que partie de ce tout. Nous ne sommes pas séparables les uns des autres. Nous ne sommes déjà plus solvables les uns sans les autres; et, bientôt, nous ne serons même plus viables les uns sans les autres. Qu'ils fassent donc place aux rêveurs *hardcore* tels que nous. Ceux qui savent que le compromis est l'inverse absolu de la compromission. Ceux qui ne lâcheront rien. Ceux qui en ont rien à battre du film noir que les aigris projettent sur l'écran du réel pour donner de la consistance à un courage qui n'en est pas un. Et tant pis si cette médiocrité, si cette bassesse, si ce consensuel obscur déguisé en bête féroce s'abattent sur nous. On est là pour se battre, on est nés pour se battre jusqu'au bout... et trouver la paix. Tu as vu comme, quelquefois, il nous est donné de mieux voir lorsqu'on est loin?! Ici, il m'est donné de voir la France à une juste distance, de redéfinir comme il me chante les mots qui nous font d'habitude mal à crever. Dans mon dictionnaire ainsi réécrit, le mot *intégration* par exemple signifierait: *capacité* qu'a l'esprit français de se nourrir positivement de sa diversité pour se réinventer, pour recréer sa singularité. Comment ça sonne? Joli, vu d'ici; tu me diras comment ça te parle à toi de là-bas quand tu répondras à ma lettre.

Tu vois, je tourne dans ma tête, comme un Louis Pasteur du vivre ensemble qui chercherait dans la culture française un antidote. Un remède contre le virus de la désespérance. La grandeur n'est pas une chose que l'on cherche, mais une chose que l'on accepte. Il faut donc refuser le diktat des mesquins, des blasés, des cyniques, des petits cœurs qui meurent de ne pas nous voir petits et laids comme eux. Mais, lorsque l'on chevauche le lion, on ne peut pas craindre le putois. Tu te demandais dans ton courrier la dernière fois ce que nous réservait le futur ; je crois que ma lettre est un début de réponse nous concernant, mon frère. Bien sûr, bientôt je rentrerai et je vivrai le quartier comme si je ne l'avais jamais quitté, mais mon cœur et mon regard seront autres. Quelque chose de nouveau va advenir dans nos vies, je ne sais pas quoi, mais plus rien ne sera jamais comme avant après ça. J'en ai plus que la conviction certaine. On va trimer, c'est sûr ; mais ça, on a l'habitude. Va falloir juste garder le cap et après on va kiffer grave.

La semaine dernière, l'ingé qui mixe notre skeud nous a présenté Puff Daddy, il bosse beaucoup avec lui à ce que j'ai compris. Y a rien à dire, les mecs, ils maîtrisent grave leur truc. C'est la classe, ce sont vraiment de grands professionnels ! Tu diras à Bilal que je lui ai pris toutes les *mixtapes* de DJ Clue que j'ai pu trouver et t'inquiète pas pour tes Jordan, elles t'attendent déjà, bien au frais dans ma valise. Ah ! oui, j'ai racheté tous les Carver, en VO bien sûr. J'ai même trouvé le scénario du *Short Cuts* d'Altman vendu avec le texte original de Carver. Et j'ai pris, aussi, le bouquin d'un gars qui s'appelle Jonathan Franzen, le titre c'est *The Twenty-Seventh City* ; ça a l'air de défoncer.

Le Salam donc.

À très vite, mon refré

Malik

BONNE ÉDUCATION

Maman avait coutume de nous dire :
– Il faut aimer la France si vous voulez qu'elle vous aime en retour !
Ou encore :
– Mes fils, vous êtes beaux !
Elle a dit ça dans nos têtes tellement de fois qu'on a fini par y croire.

PS (en anglais *zarma*, parce que je reviens de N.Y.) : *Mama raised no fools !**

---

* En français : « Maman n'a pas élevé des ratés ! »

LA DEMOISELLE DES DEUX RIVES

À Juliette Gréco

La nuit qui s'étend
Habille de soie
La Demoiselle des deux rives
– Paris est son appartement,
Son hymne à la joie –
La Demoiselle au fou rire,
Le cœur au-dessus de la tête.
Et les trop prudents s'affolent.
La Demoiselle est une altesse
– Bien sûr que ça va être sa fête ! –
L'élégance courbe d'une clef de sol.
La Demoiselle fait pleurer tristesse
La porte qui s'ouvre,
Et la lune devient pleine.
La Demoiselle aux grands yeux
L'intention toujours trouve.

Regarde par la fenêtre
La Demoiselle de tes vœux.
Et le ciel s'étire
En dessous nos vies.
La Demoiselle s'y promène.
Et l'amour s'agrippe,
Et le destin aussi,
À la Demoiselle Juliette.

GAMME CHROMATIQUE

À Gérard Jouannest

Il lui raconte la guerre
Il lui parle du terre-terre
Il lui parle de Samson François
Il lui raconte des histoires de caillera
Il se souvient du Maroc
Il en revient *ad hoc*
Il vient des Trois-Baudets
Il vient des quartiers
Il accompagne Jacques Brel
Il Brel sa tristesse
Ils branle-bas de combat tous les deux
La vie est une bataille qu'on soit jeune ou vieux.

SEPT FEMMES PUISSANTES

DIOME Fatou
DRUCKER Marie
GUÈNE Faïza
NDIAYE Marie
PINGEOT Mazarine
REZA Yasmina
WALLEN

MALCOLM X
(AL HAJJ MALIK AL SHABAZZ)

Ils haïssaient leur nez leurs cheveux la couleur de leur propre peau
alors qu'ils n'avaient même plus une seule cicatrice sur le dos
C'est vrai que tous étaient encore enchaînés dans leurs têtes
– Que se passe-t-il dans le cœur d'hommes qui voudraient se voir autrement ? –
enchaînés au désir inconscient de se faire aimer par les Blancs
Ils les dépossédèrent de ce qui leur restait encore d'eux-mêmes
envieux de ce qu'ils n'étaient pas convaincus qu'ils n'étaient guère mieux que de vulgaires bêtes
Oui M'sieur vous avez raison M'sieur D'accord Patron Merci Patron

Pourquoi ont-ils assassiné Malcolm ?
Pourquoi ont-ils assassiné Malcolm ?

C'est vrai qu'eux furent de véritables esclaves
mais de là à croire qu'ils courberaient à jamais l'échine
Car quelques Oncles Tom s'étaient faits à leur supplice
Dans la compromission ne peut naître aucun brave
Alors en marge certains cessèrent de sourire et parlèrent de leur enfer
Et toute colère même de travers n'est pas moins sincère
surtout légitime quand la violence est le pain blanc du tortionnaire
Oui M'sieur vous avez raison M'sieur D'accord Patron Merci Patron
Pourquoi ont-ils assassiné Malcolm ?
Pourquoi ont-ils assassiné Malcolm ?

Il revint du pèlerinage comme après la pluie vient le beau temps
Et si les extrêmes se rencontrent la sagesse est le fruit de l'apaisement
Les hommes de bonne volonté sont bien plus «dangereux» qu'une arme

Les hommes du compromis savent bien que nous
    sommes tous issus d'une même âme
Voilà donc ce que nous enseigne l'Islam en fait
devenir un homme véritable par tous les moyens
    nécessaires
mourir avant de mourir comme dit le Prophète
et ensemble souder les liens de l'unique race humaine
face aux oppresseurs du dehors et à celui qui est tapi au
    fond de nous-mêmes

Maintenant demande-toi bonhomme
si tu te complais dans le paradoxe
je veux dire si tu crois que faire le bien c'est moche
Pourquoi ont-ils assassiné Malcolm ?
Pourquoi ont-ils assassiné Malcolm ?

LE NOUVEAU PRÉSIDENT

L'homme s'approcha du pupitre et tapota le micro pour savoir s'il était bien branché.

« Je me tiens devant vous non pas comme un Noir, non pas comme un Blanc, non pas comme un Arabe ou comme un Juif.

Je me tiens debout non pas en tant que Musulman, non pas en tant que Chrétien, non pas en tant que Juif ou Agnostique.

Je me tiens ici non pas comme un banlieusard d'une cité HLM, non pas comme un bourgeois ou un quelconque riche héritier.

Et parce que ce n'est pas un jeu, je ne vous parlerai pas avec la ferveur d'un supporter du PSG, de l'OM ou de l'Olympique lyonnais.

Mais je m'adresserai à vous comme un citoyen français, comme un citoyen épris de liberté, comme un citoyen qui lutte pour une réelle égalité.

Si le mot "fraternité" paraît aujourd'hui désuet ou sans portée réelle pour beaucoup d'entre nous, c'est que nous avons oublié, évacué de notre mémoire que la France n'est pas un pays ; elle n'est pas une chaîne de montagnes ; elle n'est pas un climat ou un ensemble de fleuves.

En fait, la France n'est même pas un peuple ou une nation ; et si elle est toujours tout cela à la fois, c'est avant tout parce qu'elle est une mère, une maman ; et le premier mal découle du fait que nous l'ayons rendue amnésique à sa propre fonction.

"Aussi l'État, qui répond [d'elle], est-il en charge à la fois de son héritage d'hier, de ses intérêts d'aujourd'hui et de ses espoirs de demain", a dit le vieux général.

Un parent jouissant de toutes ses facultés physiques, mentales, affectives et spirituelles ne pourrait jamais négliger ne serait-ce qu'un seul de ses enfants. Qui a fait l'expérience de l'amour filial comprend avec sa chair de quoi il est question.

Qu'est-ce qui prévaut lorsque la patrie est en danger, lorsque son unité, lorsque son intégrité sont mises en péril ?

Quelle est donc l'attitude à adopter lorsque, incapable de se reprendre symboliquement en main, un pays menace de se disloquer ?

Le comportement à avoir n'est-il pas d'abord de décréter l'état d'urgence puis de se mobiliser, de rassembler toutes les forces vives incarnées par toutes les couleurs de notre jeunesse seule capable de revivifier la puissance de l'expérience et la sagesse de nos anciens ?

Et si c'est une guerre qu'il nous faut pour saisir dans notre âme l'urgence de l'époque, sachez que la mondialisation, le drame écologique, la crise économique et financière, le danger nucléaire, la tentation de l'extrémisme, l'incapacité de l'Europe à se muer définitivement en modèle symbolique universel sont autant de batailles à livrer pour remettre la France non pas simplement dans le sens de la marche du monde mais en mouvement vers ce leadership qui lui est consubstantiel.

Ainsi ce n'est pas seulement vers elle-même qu'elle se met en mouvement, mais réellement vers son salut qu'elle chemine autrement, à la manière qu'exige notre époque, à la manière que demande notre temps.

Mais ces défis ne pourront être relevés que par des femmes et des hommes qui travaillent à l'union ; en vérité, avant le PS, avant l'UMP, avant les Centristes, avant EELV, avant le PC, avant les extrêmes de gauche et les extrêmes de droite, il y a la France.

Nous ne pourrons résoudre les problèmes de notre époque qu'ensemble. Pour dire vrai, nous sommes condamnés à travailler ensemble, à transcender les bons vieux clivages idéologiques, à avoir l'intelligence du cœur et le courage d'avancer ensemble dans la confrontation positive et honnête des idées neuves dont beaucoup d'entre nous sont porteurs.

N'a-t-on pas tous vu par le passé à quel point l'esprit d'exclusivité partisane était porteur de mauvaise foi, d'immaturité et de bassesse qui, au final, à défaut de nuire réellement au parti adverse, nuisaient à la France et à tous les Français ?

Que nous a appris l'alternance ? Que nous avons des valeurs différentes, mais semblables dans leurs intentions, et la volonté sincère de réformer positivement le système pour qu'il s'inscrive profondément et durablement dans la modernité. Mais elle nous a également appris que nous avions tous notre part de responsabilité dans l'échec, qu'aucun parti au pouvoir n'avait été capable de régler les problèmes dans leur entièreté, que chaque parti avait apporté de bonnes choses, mais que, globalement, cela s'était avéré insuffisant, puisque nous sommes dans la situation dans laquelle nous sommes... Cela souligne, pour ceux qui ne veulent toujours pas voir que quelque chose ne fonctionne pas, que quelque chose ne fonctionne plus.

C'est une époque inédite qu'il nous est donné de vivre, une époque où nous est donnée la possibilité de nous réinventer, une époque où il nous est donné de pouvoir corriger puis réécrire notre histoire collective, émerveiller un avenir au présent incertain, une époque où sous peine de mourir littéralement il nous est demandé d'être capables de rêver à nouveau.

Ce siècle nouveau est le siècle de la synthèse. Ce siècle donne l'opportunité unique à l'homme de prouver le mérite de sa place dans l'univers ; et ce qui est vrai pour l'humanité est vrai pour un être ; et ce qui est vrai pour le monde est vrai pour la France et pour ses citoyens qui, à travers les âges, ont su se trouver aux avant-gardes des intelligences humaines, aux avant-gardes de l'humanisme.

C'est la grandeur qui nous réclame, qui réclame de nous, la conscience aiguë de ce destin que nous avons en partage.

C'est la grandeur qui se décrit elle-même comme riche de différences, de nuances et de complexité, riche de justesse et de justice, riche d'un idéal fait de paix et de dignité.

C'est la grandeur qui exige l'unité dans la diversité, et la diversité dans l'unité, pour entrer de plain-pied, l'esprit orienté vers le soleil de toutes les espérances, dans le commencement de cette nouvelle ère.

Je termine en vous répétant en substance ce que je n'ai cessé de vous dire tout au long de cette campagne qui allait faire de moi votre nouveau président : ce n'est pas à une catégorie socioculturelle ou à une couleur de peau spécifique que je m'adresse, mais à quelque chose qui a trop souvent manqué aux politiques par le passé, un cœur.

Vive la République ! Et vive la France arc-en-ciel, unie et débarrassée de toutes ses peurs ! »

L'homme quitta le pupitre et se remit à balayer la salle où le candidat du Parti, s'il était élu, allait tenir son premier discours présidentiel dans moins de vingt-quatre heures.

Ses collègues de la société de nettoyage qui, comme lui, s'affairaient à nouveau avaient bien ri en le voyant faire le mariole derrière le micro qui était éteint, évidemment...

Mamadou, avec son accent appuyé, lui avait même dit qu'il voterait pour lui si l'idée lui venait de se présenter aux prochaines élections. Bien entendu, s'il s'était fait naturaliser d'ici là !

MADE IN CHINA

Voilà donc ce qui arrive lorsqu'on se repose sur ses acquis
Ce que l'on nommait autrefois guerre désigne à présent l'économie
Et la belle affaire que de sous-estimer son adversaire
Il devrait se taire celui qui ne rayonne que de la gloire de ses ancêtres
Anachronique qui croit encore que le conflit est stratégique
Quand le dragon asiatique fils de l'instant est tactique
Admirez donc le mode opératoire accepter la raillerie pour filer vers la victoire
La réussite n'a aucun sens ne signifie finalement rien si elle est brève
Il faut voir plus loin si l'on ne veut pas être pris à son propre piège
Tel est pris qui croyait prendre c'est cette sagesse qu'il faut comprendre

L'opportunité est fugace il faut développer son aptitude au changement
L'adversaire est pugnace et le temps lui a déjà donné raison
Mais la messe avait déjà été dite bien avant le livre d'Alain Peyrefitte[*]
Alors que faire Faut-il rendre les armes ou bien retourner au combat
Le soleil brille L'avenir est devant moi Je porte mes lunettes Dior *made in China*.

---

[*] Alain Peyrefitte : *Quand la Chine s'éveillera* (Fayard), paru en 1973.

SOLDAT DE PLOMB

Tout maigre dans ma grosse veste qui me servait d'armure
j'avais du shit dans mes chaussettes et j'faisais dans mon pantalon
Soldat de plomb, soldat de plomb
J'avais juste 12 ans les poches remplies d'argent
j'avais déjà vu trop de sang
Soldat de plomb, soldat de plomb
J'étais adolescent quand j'ai vu le destin prendre un calibre et nous descendre un par un
mort par overdose par arme à feu par arme blanche ou par pendaison
Soldat de plomb, soldat de plomb
Bien sûr qu'un sourire nous aurait fait plaisir juste un peu d'attention Et peut-être ç'aurait été autrement
nous aurions été des enfants normaux et pas des enfants soldats
Soldat de plomb, soldat de plomb

Ça ne pouvait finir qu'en drame quand nous étions dans cette cave
et que tout notre escadron s'est mis à sniffer de la came
Soldat de plomb, soldat de plomb
Des copines que j'avais connues belles s'étaient changées en loques humaines
à cause de l'héroïne qu'elles s'étaient injectée dans les veines
soldatesses fatiguées
Soldat de plomb, soldat de plomb
Certains de mes proches de mes frères décidèrent de faire sauter la banque à coups de revolver Bang ! bang ! bang !
cinq dix quinze ans ferme et on ne parle plus que par lettres
Soldat de plomb, soldat de plomb
Sous le volant les câbles pendent Il roulait vite pour pas se faire prendre
l'explosion sonna Boum ! Et il se fit pendre
Soldat de plomb, soldat de plomb
Sans oublier les histoires bêtes Un contrôle d'identité on finit une balle dans la tête
Soldat de plomb, soldat de plomb

Alors ça finit en émeute en guerre rangée CRS casqués contre jeunes en meutes enragées
Soldat de plomb, soldat de plomb
Alors aujourd'hui quand j'entends des journalistes me dire que parler de paix et d'amour ça ne sert à rien si ce n'est à divertir je pense à ces mecs et ces meufs dont l'ultime demeure est sous une croix ou tournée vers La Mecque
ces petits mecs et ces petites meufs qu'on ne considéra jamais comme des héros ou même comme de simples victimes de guerre
Moi je ne vous oublie pas et en votre mémoire éternelle
je ferai tout pour faire la paix avec moi-même
et avec les autres aussi pour un monde meilleur
Vive la France arc-en-ciel unie et débarrassée de toutes ses peurs
Soldat de plomb, soldat de plomb
Donne-moi la main, donne-moi la main, donne-moi la main, donne-moi la main.

NOCES À GRENELLE

Pourquoi tout n'a-t-il pas encore disparu ?
Peut-être pour nous laisser une chance
peut-être pour nous laisser une dernière chance
de ne pas nous dire Nous aurions dû ou Nous aurions pu
lorsqu'il sera trop tard
On a rompu sans savoir pourquoi sans savoir pour moi
je ne sais toujours pas pour toi
mais j'ai fini par comprendre
On comprend quand c'est fini
N'est-ce pas ici pourtant qu'avait élu domicile la vie
Nous étions... j'étais supposé censé prendre soin de toi
du toit que tu as été dans cette vie où je n'ai vu que moi

Pourquoi tout n'a-t-il pas encore disparu ?
Peut-être pour nous laisser une chance
peut-être pour nous laisser une dernière chance
de ne pas nous dire Nous aurions dû ou Nous aurions pu

lorsqu'il sera trop tard
On a tenu aussi longtemps qu'on a pu toi et moi
sans savoir pourquoi je parle pour moi
tu as toujours su pour toi
mais j'ai fini par comprendre
On comprend toujours quand c'est fini
N'étions-nous pas pourtant faits l'un pour l'autre
Nous étions supposés être faits l'un par l'autre
Du Nous sommes par égoïsme j'ai dit Je suis

Pourquoi tout n'a-t-il pas encore disparu ?
Peut-être pour nous laisser une chance
peut-être pour nous laisser une dernière chance
de ne pas nous dire Nous aurions dû ou Nous aurions pu
lorsqu'il sera trop tard
On s'est battus pour je ne sais quoi
sans voir qu'au fond je n'étais victime que de moi
mais j'ai fini par comprendre
On comprend toujours quand c'est fini
N'était-ce pas ici qu'avaient fleuri ces cœurs
N'est-ce pas ici que nos âmes devinrent sœurs
Pourquoi ai-je lâché ta main et pris celle de la folie

Pourquoi tout n'a-t-il pas encore disparu ?
Peut-être pour nous laisser une chance
peut-être pour nous laisser une dernière chance
de ne pas nous dire Nous aurions dû ou Nous aurions pu
lorsqu'il sera trop tard, planète Terre.

LES AUTRES

Moi, moi quand j'étais petit, j'avais mal
c'était l'état de mon esprit je suis né malade
Sur l'échelle de Richter de la misère malade ça vaut bien 6
quelques degrés en dessous de là où c'est gradué fou…

Les autres, les autres, c'est pas moi c'est les autres, les autres

J'étais voleur et, avant d'aller voler, je priais
je demandais à Dieu de ne pas me faire attraper
je lui demandais que la pêche soit bonne
qu'à la fin de la journée le liquide déborde de mes poches
Bien souvent j'ai failli me noyer J'ai été à sec aussi souvent…
Quand je croisais papa le matin allant travailler avec sa 102 bleue
en rentrant le matin de soirée j'me disais « C'est un bonhomme mon vieux ! »

Ensuite j'me faufilais dans mes couvertures et j'dormais toute la journée
Le style vampire dormir la journée et rôder une fois le soleil couché
Le genre de prédateur à l'envers le genre qui à la vue d'un poulet meurt de peur
Je ne me suis jamais fait prendre
et si, si j'avais été pris, aux keufs j'aurais dit...

Les autres, les autres, c'est pas moi c'est les autres, les autres

J'étais beau parleur et je souriais aux filles en jeans avec de grosses ceintures
celles qu'aiment bien l'odeur que dégagent les gars
qu'ont la réputation d'être des ordures
le genre à jurer sur la vie de sa mère dès qu'il ouvre la bouche
Rêve de BMW pour asseoir à la place du mort celle qui couche
dans mon monde un mec comme moi c'est le top
J'aurais été une fille on m'aurait traitée de sale...
Quand je croisais ma sœur avec ses copines dans le quartier

moi qu'allais en soirée j'lui disais « Rentre à la baraque !
 Va faire à bouffer ! »
Ensuite j'allais rejoindre mes copines celles qui me
 faisaient bien délirer
celles qui comme moi avaient un père une mère
peut-être bien des frères et sœurs qui sait
Mais moi du genre beau parleur à l'endroit sans foi ni loi
mais c'était pas moi le chien mais...

Les autres, les autres, c'est pas moi c'est les autres, les
 autres

Et puis du jour au lendemain j'ai viré prêcheur
promettant des flammes aux pécheurs et des femmes aux
 bons adorateurs
Comme si Dieu avait besoin de ça pour mériter qu'on
 l'aime
Mais moi, moi pour que les autres m'aiment, moi
moi j'en ai dit des choses pas belles et j'en ai accepté aussi
On m'a dit « T'es noir tu veux te marier avec elle mais
 t'es noir ! »
Les autres y disaient comme ça qu'elle était trop bien
 pour moi
Donc moi, moi j'faisais de la peine à voir, moi

moi j'continuais ma parodie mon escroquerie spirituelle
Sauf que j'me carottais moi-même j'étais devenu un mensonge sur pattes
qui saoule grave et qui sait même pas ce qu'il dit
qui voit même pas que c'est un malade et qui dit comme ça
Tout le temps il dit comme ça...

Les autres, les autres, c'est pas moi c'est les autres, les autres

Et je vous dis monsieur je vous dis monsieur
quand je pense à tout ça je pleure je pleure.

IL SE RÊVE DEBOUT

Il se rêve debout et ça lui va pas bien
Parce que sans geste ni parole il te reste rien
rien qu'un cœur et je peux te dire qu'avec cet œil des fois
des fois on voit rien de bien
Y a des moments comme ça dans la vie où c'est tout ou bien rien
Il se rêve debout et ces derniers temps c'est moins tout que rien
Et puis il n'a ni geste ni parole il ne lui reste rien
rien qu'un cœur pour voir qu'hors de l'amour eh bah y a rien
« Eh ! ça va ? » Il aurait répondu « Bien » même si ça va plus mal que bien

Il se rêve debout et
et à y voir de plus près c'est triste dans sa condition mais
Mais vous à sa place vous chanteriez quoi comme chanson ?

Hein ? Parce que ça change tout d'être obligé de vivre
 à condition
À condition que les autres ils se trompent pas
lorsqu'ils interprètent votre partition
Il se rêve debout et c'est sans condition sans condition
 qu'il se lève
Assis ou à langer… la même chanson
C'est évident qu'il pourra plus jamais danser comme
 c'est con
comme ces types qu'il dénigrait avant et qui le négligent
 pour d'autres raisons

Il se rêve debout pour vivre en mourant
pour survivre dans un monde où les morts se prennent
 pour des vivants
fonctionnaires d'une existence qu'ils vivent bêtement
 parce que
parce qu'ils ont peur
parce qu'ils ont peur de chaque instant
Il se rêve debout et la voilà en blanc
sourire réflexe et gestes indifférents
« Bonjour » dit-elle en entrant
« Bonjour » dit-il en pensant

Il se rêve debout comme... comme ceux qu'apprécient
   l'instant
comme ceux qui savent que de toute façon tout ça ça ne
   dure qu'un temps
Il se rêve debout quand elle lui parle Il l'écoute
Faut dire qu'il l'était, debout, avant le drame sur la route
Elle l'entoure de ses bras et le fait s'asseoir
il lui reste rien il ne lui reste ni geste ni parole mais
mais il peut voir

Il se rêve debout
lorsque sur son fauteuil elle le pousse
« Dis donc ça a l'air d'aller aujourd'hui crie-t-elle
On va vous faire une bonne douche ! »

LA GRAVITÉ

À l'arrière-train du bus 14, comme à la remorque de la vie, je suis amorphe côté fenêtre, les yeux assis dans le vide, à ne surtout pas me demander si la vie me considère comme un brave. Je viens d'un lieu où chacun se complaît à être grave. Tourner en rond dans ces ruelles de la vie que même les lampadaires n'éclairent plus. Être baigné dans le noir et pourtant se croire dans la lumière totalement nue. Sortir la tête de l'eau ou se noyer dans le fantasme...

Je viens d'un lieu où chacun se complaît à être grave.

Je me blesse tout le temps avec le tranchant de l'orgueil. Je suis de ceux qui lentement deviennent leur propre cercueil. Je suis aveuglé par des murailles de tours, je me dis : il ne peut rien y avoir derrière ces remparts. Je viens d'un lieu où chacun se complaît à être grave. Avoir la prétention d'être soi, on se connaît toujours trop peu. Donner du sens, cette pensée me rend exceptionnel en ce lieu. Provincer mon existence, il fut un temps où Paris, j'y serais allé même à la nage.

Je viens d'un lieu où chacun se complaît à être grave.

Au volant de ma Z3 bleu ciel comme aux commandes de ma vie, je suis les cheveux au vent de cette vie blonde que je conduis, à me demander si je crois à la justice. Je dirais que je suis heureux d'être à ma place. Je viens d'un lieu où rien n'est jamais vraiment grave. Rouler à fond sur l'autoroute de la vie, tellement éclairée qu'on en perd la vue. Prendre son bain debout. Un problème, des solutions, n'en parlons plus. Voir l'argent comme un moyen et non comme une fin, ça calme. Je viens d'un lieu où rien n'est jamais vraiment grave. Je ne suis pas de ceux qui considèrent être quelqu'un parce que je suis né avec quelque chose. Je suis tellement égoïste que je pense plus aux autres qu'à moi, c'est drôle. Mais il m'arrive d'être triste et ces joues mouillées, ce sont de vraies larmes. Même si...

Je viens d'un lieu où rien n'est jamais vraiment grave.

Avoir mal à la bourgeoisie comme Che Guevara. Se lever chaque matin sans réellement savoir pourquoi. Souffrir du non-sens, une maladie qui n'épargne aucun personnage. Je viens d'un lieu où rien n'est jamais vraiment grave. Je viens d'un lieu où chacun se complaît à être grave. La gravité, Mesdames et Messieurs.

SAIGNE

Derrière le statut, le vêtement, la couleur de peau, n'est-ce pas qu'on est tous semblables ? Les mêmes préoccupations : Qui suis-je ? Où vais-je ? Que n'ai-je ? M'aime-t-il ? M'aime-t-elle ?

– C'est pas exagéré de dire que je suis mort. Je suis allongé là, à même le sol, et je me demande encore : pourquoi ne m'aimait-il pas ? Pourquoi est-ce qu'ils me regardaient tous comme ça ? Les policiers diront que le coup est parti tout seul, que je me débattais, quoi ! C'était censé être un simple contrôle parce que... sur la route je roulais un peu trop vite, mais j'étais habitué à ce tempo de vie. Et puis je pensais à ma fille. Je lui avais dit, à ce garagiste, que, si je roulais sans plaque, j'allais avoir des blèmes. Il m'a dit : « Vous êtes parano, m'sieur, je vous arrangerai ça demain ! Il y aura plus de problème. » Et moi, et moi je l'ai cru avec ma tête de Noir, de cas social. C'est dingue quand même ! Mon pays d'origine, je le connais même pas. Et franchement, je pense, je parle, je rêve et je respire en français ! En français je pleure, je ris, je crie, je saigne.

Derrière le statut, le vêtement, la couleur de peau, n'est-ce pas qu'on est tous semblables ? Les mêmes préoccupations : Qui suis-je ? Où vais-je ? Que n'ai-je ? M'aime-t-il ? M'aime-t-elle ? Pour ce pays, comme celles et ceux qui ont fait la guerre, comme celles et ceux qui ne savent pas dire «Je t'aime», je saigne.

– Quand il est arrivé avec sa belle caisse, je me suis dit : «Encore un de ces nègres qui va me prendre la tête.» Mais, mais il était, je dois le dire, assez courtois et même franchement carrément sympa ! Je me suis dit que c'était bête de penser comme ça parce que ce type, il avait pas fait d'histoires. Il était juste comme moi : un simple passager de l'Orient-Express du destin, sauf qu'il était noir. Et ça, ça enlevait rien ! J'ai même fait mon travail avec plaisir. Faut dire que c'est rare les clients prévenants, en plus qui vous font rire. Je lui ai dit de repasser le lendemain pour lui visser sa plaque... Mais il voulait absolument partir de suite voir sa fille, je crois. Ils sont très famille, les Blacks, vous savez ! Vous comprendrez que ça m'a foutu un coup quand, quand j'ai appris que le mec était mort sur le coup ! Je suis sans doute la dernière personne à avoir ri avec lui, à avoir été cool avec lui avant qu'il ne... avant qu'il ne saigne.

Derrière le statut, le vêtement, la couleur de peau, n'est-ce pas qu'on est tous semblables ? Les mêmes préoccupations : Qui suis-je ? Où vais-je ? Que n'ai-je ? M'aime-t-il ? M'aime-t-elle ? Pour ce pays, comme celles et ceux qui ont fait la guerre, comme celles et ceux qui ne savent pas dire « Je t'aime », je saigne.

– Déjà quand j'étais aux Antilles, ça me saoulait de voir ces Noirs et ces Arabes qui foutaient la merde, quoi ! Mais c'est pas pour ça que j'ai voulu être flic ! C'était une vocation, je crois ! La métropole, c'est spécial, mais je m'y suis vite fait. Un bon flic, c'est obligé, ça doit s'adapter ! J'ai fait pas mal d'arrestations, des gens méchants et vraiment dangereux ; mais, le plus étonnant, c'est que c'est à nous que le civil en veut ! Bon, c'est vrai qu'il y a des collègues qui sont pas cool, mais c'est comme partout. T'as des gens bien et des fous, mais ça, va l'expliquer à ce gars dans cette belle voiture qui roule comme un dingue parce qu'il doit l'avoir volée en plus ! Il s'est arrêté brusquement, bizarrement; alors je l'ai pris en joue et mon collègue qui arrêtait pas de me dire qu'il voulait se faire du bougnoule, alors, ça plus toute la tension, plus toute la violence qui règne autour de nous, je me suis dit que j'avais jamais tiré en vrai. Quand : « PAN ! »

Derrière le statut, le vêtement, la couleur de peau, n'est-ce pas qu'on est tous semblables ? Les mêmes préoccupations : Qui suis-je ? Où vais-je ? Que n'ai-je ? M'aime-t-il ? M'aime-t-elle ? Pour ce pays, comme celles et ceux qui ont fait la guerre, comme celles et ceux qui ne savent pas dire « Je t'aime », je saigne.

Ce texte est dédié à Hassan qui est parti l'année dernière, victime d'une bavure ! Je le dédie aussi à tous les ghettos martyrs de mon quartier : le Neuhof.

L'ALCHIMISTE

Je n'étais rien ou bien quelque chose qui s'en rapproche
J'étais vain et c'est bien c'que contenaient mes poches
J'avais la haine un mélange de peur d'ignorance et de gêne
Je pleuvais de peine de l'inconsistance de ne pas être
    moi-même
J'étais mort et tu m'as ramené à la vie
Je disais «J'ai» ou «Je n'ai pas» Tu m'as appris à dire
    «Je suis»
Tu m'as dit «Le Noir l'Arabe le Blanc ou le Juif sont à
    l'homme ce que les fleurs sont à l'eau»

Oh ! toi que j'aime Eh ! toi que j'aime
J'ai traversé tant d'avenues tellement attendu ta venue
qu'à ta vue je ne savais plus si c'était toi si c'était moi
si c'était toi Eh ! toi que j'aime je crée ton nom
Dans le désert des villes que je traversais car
sûr de ton existence je savais que tu m'entendrais
Eh ! toi que j'aime Oh ! toi... que j'aime

Je n'étais rien ou bien quelque chose qui s'en rapproche
J'étais vain et c'est bien c'que contenaient mes poches
J'avais la haine un mélange de peur d'ignorance et de gêne
Je pleuvais de peine de l'inconsistance de ne pas être moi-même
J'étais mort et tu m'as ramené à la vie
Je disais «J'ai» ou «Je n'ai pas» Tu m'as appris à dire «Je suis»
Tu m'as dit «Le Noir l'Arabe le Blanc ou le Juif sont à l'homme ce que les fleurs sont à l'eau»

Oh! toi que j'aime Eh! toi que j'aime
Ni la rue ni les drames ne m'ont voilé à ta vue
Même au plus bas même quand j'disais que tout était foutu
je t'aimais comme si je te voyais
Car si je ne te voyais pas je savais que j'étais vu par toi
Eh! toi que j'aime Tu es un lion et ton cœur est un soleil
l'ultime secours de ceux perdus dans leur sommeil
Eh! toi que j'aime Oh! toi... que j'aime

Je n'étais rien ou bien quelque chose qui s'en rapproche
J'étais vain et c'est bien c'que contenaient mes poches
J'avais la haine un mélange de peur d'ignorance et de gêne
Je pleuvais de peine de l'inconsistance de ne pas être moi-même
Tu es, tu es l'alchimiste de mon cœur
Eh ! toi que j'aime Oh ! toi... que j'aime
Eh... oh ! toi que j'aime.

ET APRÈS ?

APRÈS L'INDIGNATION...
(EN CINQ POINTS)

1. Pour une société de l'homme de foi

À la source de l'identité française : le refus d'asservissement. Toute l'histoire moderne française participe d'une volonté émancipatrice fondée sur une redéfinition de la conception de l'homme et de son rapport au monde. Conception initiée par la révolution culturelle humaniste et mûrie pendant trois siècles jusqu'aux Lumières et à la Révolution française. Le refus d'asservissement s'exprime au moment de la Révolution française tout à la fois par la négation d'un ordre ancien et par l'affirmation de valeurs fondatrices : la liberté, l'égalité, la fraternité. Également à travers la Déclaration universelle des droits de l'homme et du citoyen.

Le refus d'asservissement s'élève aujourd'hui, à nouveau, dans le contexte d'une société financiarisée, collectivement orientée vers une vie matérialiste et consumériste.

L'asservissement est ici celui d'une réduction de l'homme à sa fonction économique et la perte indolore et lénifiante d'un lien avec sa vie intérieure, avec le sens de l'aventure intime, avec la capacité d'émerveillement, la possibilité d'illumination.

Car la crise financière n'est qu'un symptôme. Il en est de même de la crise morale et toutes les problématiques sociétales françaises aujourd'hui. La grande question est politique dans le sens le plus noble du terme : sur quels fondements notre société doit-elle être bâtie ? Sur quelle vision particulière de l'homme ?

Il faut à cet égard une nouvelle Révolution française. Non violente, pacifique, fondée sur un retour pragmatique et clairvoyant à une acception de l'homme qui reconsidère sa dimension spirituelle. Notre guide doit être notre formidable mémoire, notre histoire mais aussi cette part de lumière intime et universaliste qui brille au cœur du peuple français.

À «l'Ancien régime de la société financiarisée » il faut substituer la «Société de l'homme de foi ». Car là est la société de demain et de la réussite.

Tout homme ayant «réussi » d'une quelconque façon a été, est un homme de foi. Car la foi est, avant tout, une capacité de l'homme à voir au-delà de l'apparence, du présent, de l'immobilité et du cynisme. Elle est la marque des résistants, des libérés, des hommes et des femmes vivants, ayant transmis, par leur vie et leurs actes, une exemplarité qui ne meurt pas, sauveuse de vies futures.

Mais ne nous y trompons pas, la foi n'est pas l'apanage des héros nationaux et des «grands destins ». La foi est la racine de toute fidélité, de tout engagement tenu, de toute amitié véritable. La foi est dans le peuple, est en chacun.

La foi doit être éveillée, cultivée, protégée. Là est le refus d'asservissement à une société financiarisée dont les messages collectifs sont ceux, de façon avérée ou subliminale, d'un bonheur ou d'un accomplissement nécessairement matériels.

Il faut rompre avec cette illusion. Car la racine de cette illusion est, en vérité, une insatiable folie : la recherche d'un profit érigé en horizon ultime. Et, au fond, là est bien le mal abstrait, difficilement décelable ou corrigible de la crise que nous connaissons.

2. Les racines du renouveau

– Réintroduire un lien collectif à la transcendance et la vie spirituelle dans le cadre strict de la laïcité et des valeurs fondatrices républicaines ;

– Redéfinir l'identité française et rendre le sentiment d'appartenance à la nation française effectif pour l'ensemble des Français ;

– Rétablir un lien entre la vie économico-financière et les notions de bien commun et d'intérêt général.

Là sont les racines d'un changement sociétal, voire civilisationnel. Là sont les bases sur lesquelles il est possible de repenser l'ensemble des mesures particulières liées aux différents aspects de la vie sociale permettant l'avènement de la «Société de l'homme de foi».

3. Laïcité et retour collectif à la foi

Le temps présent invite, incite à repenser de façon profonde, radicale, nouvelle notre rapport collectif à la foi, c'est-à-dire aussi à la religion et au rite.

Notre plus formidable atout est la laïcité. Pourquoi ? Parce qu'elle permet la mise en œuvre d'un authentique rapport collectif à la foi tout en protégeant intrinsèquement de toute dérive idéologique sous couvert de conviction religieuse.

Notre sentiment d'appartenance doit être fondé sur le génie universaliste républicain, sur les droits de l'homme et la laïcité.

Notre temps ne doit plus entretenir une quelconque confusion des plans à cet égard. La religion en France n'est plus le christianisme. La France est pluriconfessionnelle. Il faut en prendre acte sous peine d'incohérence majeure, de déni de diversité et de mensonge politique.

Il faut que tous les croyants de France puissent être reconnus, stimulés et éclairés dans leur foi propre. Il faut inventer un grand ministère républicain de la Laïcité et des Cultes. Ce dernier doit devenir le vecteur d'une reconnaissance par l'État de toutes les croyances intimes et religieuses prônant des valeurs communes avec les valeurs républicaines et le respect des droits de tous les hommes.

Il faut que ce respect s'exprime de façon concrète : par l'érection de lieux de culte et de formation/ transmission religieuse plus seulement Chrétiens mais aussi Musulmans, Juifs ou Bouddhistes. La foi en France doit redevenir vivante, ouverte, nourrie par l'échange, la connaissance et le dialogue.

La foi doit également pouvoir être initiée, cultivée et transmise à l'école. L'école privée sous contrat doit pouvoir relever des différentes confessions également. La réforme de l'école privée doit être une chance pour nourrir une culture française de demain fondée sur une capacité de respect, de tolérance et de véritable intégration du lien clair à établir entre croyance intime, privée, et valeurs républicaines communes et trans-confessionnelles.

Il faut pour cela que l'école privée soit fondée sur quatre piliers : l'excellence éducative/intellectuelle identique en tout point à celle de l'école publique ; la formation religieuse, dans la même mesure et en lien avec la formation elle-même ; l'éducation civique/républicaine ; et enfin la pratique sportive/artistique.

L'école publique doit, quant à elle, renouer avec une culture religieuse incontournable pour comprendre plusieurs millénaires de civilisations liées au sacré et sur tous les continents du monde. Cette culture religieuse doit, de la même façon que pour les écoles privées sous contrat, être résolument mise en lien avec une transmission des valeurs citoyennes et civiques de la République. Cet apprentissage doit aussi être l'occasion de faire comprendre, dès leur plus jeune âge, aux générations futures l'excellence du modèle laïc et républicain qui permet de conjuguer liberté de conscience, respect des autres et destin commun.

Cette redéfinition du lien à la vie religieuse dans une perspective plurielle et laïque aujourd'hui doit opérer comme un véritable moyen d'intégration et de pacification sociale.

La religion ne doit plus être l'ennemi potentiel de la République mais son allié majeur. Elle doit en servir l'équilibre, le renouvellement et l'efficience des valeurs.

La religion vécue dans la sphère privée, partagée, questionnée, découverte avec d'autres, doit devenir une école de la paix. Quelle que soit sa forme – chrétienne, musulmane, juive ou bouddhiste –, elle doit contribuer à revivifier une vision pertinente et globale de l'homme ne niant plus secrètement sa nature spirituelle mais, au contraire, la reconnaissant comme la source des plus hautes et des plus nobles possibilités sociétales. Notre République doit être forte pour cela. Intransigeante en face de toute dérive et tentative d'appropriation ou de contournement des règles sacro-saintes de la laïcité.

La France, « fille aînée de l'Église » au Moyen Âge, berceau des Lumières et des Droits de l'homme, doit être au XXIe siècle le creuset républicain d'une inédite et féconde synthèse entre les traditions tant religieuses que séculières, la modernité et le multiculturalisme.

Elle doit redevenir une terre où l'horizon de l'homme n'est plus seulement matériel, une terre où l'on renouvelle le lien à la transcendance et au sens intime de la vie. Une terre où l'on prie, peu en importe la façon. Une terre de paix dont la modernité s'ancre dans le respect profond des diversités à travers un socle politique commun, républicain, fort, juste et inventif.

4. Identité nationale

La reconnaissance est toujours un facteur d'intégration. Elle précède le sentiment d'appartenance et elle en est indissociable. C'est la raison pour laquelle la reconnaissance religieuse est si moderne et indispensable demain au «vivre ensemble». Parce que la vie religieuse est porteuse du sens donné à la vie, mais elle est aussi un terreau culturel et identitaire; son respect est un message d'intégration s'il en est. Mais, en plus de cette capacité qu'elle doit trouver d'intégrer les particularités et les différences, la France doit en même temps cultiver les lieux, les moments et les moyens d'une identité nationale qui transcende et intègre les particularismes religieux et identitaires. Les symboles de la République doivent être exaltés et partagés. Ils doivent devenir plus universels encore. Il faut revenir sur l'œuvre de la IIIe République et sa création d'une mythologie française. L'héritage français a ceci de particulier et de quasiment unique qu'il porte une trajectoire singulière: celle de l'histoire de ses grands hommes mais aussi une vocation universaliste. La Révolution française n'est-elle pas à l'origine du printemps des peuples européens et de cette grande idée qui structure la géopolitique mondiale jusqu'à l'actualité la plus récente du « droit des peuples à disposer d'eux-mêmes » ? Les droits de l'homme et des citoyens n'ont-ils pas une vocation d'emblée universaliste ?

Il faut intégrer dans le panthéon symbolique français de nouvelles figures, de nouvelles icônes. Les populations d'origine musulmane n'ont-elles pas des figures exaltant les plus hautes valeurs éthiques, le respect de l'homme et des peuples ? L'émir Abd al Kader, héros national algérien, n'est-il pas de ceux-là ? N'a-t-il pas vécu en France et ne constitue-t-il pas, pour nos compatriotes français d'origine algérienne, un exemple de pensée tout à la fois universaliste et patriote ? Cet héritage-là doit être intégré. N'en est-il pas de même de la figure de Jalal od din Rumi, poète médiéval fulgurant et auteur du *Mathnawi* (livre le plus lu après le Coran dans le monde musulman) ? Les exemples sont nombreux.

Demain, l'identité nationale, la fierté nationale doivent être, dans un monde mondialisé et multiculturaliste, ancrées dans le symbole et la valeur. Plus que jamais. La France doit se distinguer par une volonté résolue de promouvoir les plus hautes valeurs humaines, les plus beaux destins, les plus nobles causes. Là doit être et doit vivre l'identité de la France arc-en-ciel. La France de demain doit être à l'échelle du monde. Elle doit être la citadelle d'où s'opère une *reconquista* non violente, sans appel, en faveur de l'avènement d'une société non plus seulement humaniste mais animée de foi, c'est-à-dire de capacité de transformation, de changement et d'enthousiasme. La France de demain, riche et plurielle dans ses expressions mais une dans son sens du destin, doit entraîner le monde à soulever les montagnes de l'injustice et de la désespérance. À l'homme mondialisé doit succéder l'homme universel. La France porte le projet de ce grand œuvre.

5. Économie, finance et bien commun

L'économie est fondée sur l'échange entre des agents économiques. Ses caractéristiques mondialisées, dématérialisées, partie à la fois liée et décorrélée du médium financier devenu hypertrophié et d'une certaine façon autonome, en font un domaine particulièrement complexe aujourd'hui.

Pourtant, une question simple, politique, se pose : quelle est la finalité de l'économie et que sert-elle ?

Le problème est aujourd'hui l'horizon de l'économie financiarisée. La façon dont elle est articulée ou plutôt non articulée à un projet civilisationnel, politique. L'économie financiarisée souffre de son autonomie, de son autarcie. Un échange qui ne vise pas la satisfaction des parties est-il possible, est-il viable, durable, juste ? Une activité humaine, particulièrement la matière financière qui sous-tend aujourd'hui l'économie mondiale, qui ne satisfait plus aux valeurs fondatrices de la République, de l'existence politique, est-elle encore légitime ?

La réalité est que certains financiers sont devenus pour l'économie mondiale et les économies nationales ce que sont les extrémismes aux religions : des ennemis de l'économie elle-même. Mais aussi des ennemis des valeurs fondatrices de la République. La question n'est pas ici celle du libre-échangisme et des modalités à retenir pour l'organisation du commerce mondial, mais celle du crime et de la malhonnêteté portée aujourd'hui par les spéculateurs financiers bafouant toutes les règles d'égalité, de fraternité et *in fine* de liberté qui fondent notre projet de société et la modernité politique depuis plus de deux siècles.

Le commerce doit générer de la satisfaction réciproque entre les parties. La prospérité et l'enrichissement doivent naître de cette satisfaction, du talent particulier à satisfaire ses partenaires et non pas à les flouer ou les attaquer. La spéculation financière doit être combattue ; quoi qu'il en coûte. Elle doit être vue pour ce qu'elle est : une force brutale et de non-droit, une ennemie de la République et de la démocratie. Une négatrice de la dignité humaine. Le cynisme doit être progressivement éradiqué de l'économie de même que le sens du bien commun réintroduit.

À l'économie financiarisée, prédatrice et injuste que nous connaissons doit ainsi succéder une économie philanthropique, qui aime l'homme et ambitionne de le servir.

L'économie pour retrouver son âme doit renouer avec un horizon immatériel, avec une fonction attachée au bien commun.

Il faut pour cela réintroduire, renouveler la notion de mécénat. L'inscrire dans une fonction économique et dans une dynamique financière nouvelles, modernes. En faire le point de questionnement et de retournement du système.

Le cycle de la nouvelle économie doit en effet nourrir, en l'un de ces points, la relation, le lien avec la vie sociale immatérielle porteuse des plus hautes valeurs humaines de la République. La moralité et la juste orientation du cycle économique dans sa globalité doivent être éclairées et régulées par ce point de jonction où la production et la richesse matérielles trouvent leur accomplissement dans le service de l'intérêt général et du bien commun. Il faut inventer une économie productive de bonheur et d'intelligence philanthrope.

À cet égard, l'État comme agent économique ne peut et ne doit plus porter, encadrer et financer l'intérêt général. Celui-ci doit devenir le souci de tous, l'apanage de la société civile dans son ensemble et plus particulièrement de sa frange fortunée.

Comment ? En faisant naître et en développant le mécénat au cœur même de la société financiarisée et des grandes organisations qui l'incarnent.

Les grands groupes financiers gèrent aujourd'hui le patrimoine de millions de particuliers fortunés. Le montant de ces actifs sous gestion représente des centaines de milliards d'euros.

Or, une part prédominante de cette population nourrit des liens forts, croissants, intimes, avec l'un des domaines de l'intérêt général : art et culture, éducation, sport, lien social, écologie et environnement, bienfaisance... Elle exprime également un besoin grandissant et collectif de sens à donner à son patrimoine. Celui-ci tend à devenir non plus seulement un moyen de jouissance quantitative, liée à la possession matérielle, mais aussi un moyen de jouissance qualitative relevant de valeurs et de démarches signifiantes beaucoup plus personnelles.

Pourtant, le mécénat est à ce jour une pratique marginale en France et en Europe.

Les grandes organisations financières ont aujourd'hui l'opportunité historique de remédier à cet extraordinaire rendez-vous manqué. Elles peuvent et doivent pour cela organiser la « médiation philanthropique », c'est-à-dire la mise en relation de leurs clients, de la société civile fortunée, avec les domaines de l'intérêt général redéfinis comme des champs d'entreprise et d'action philanthropiques satisfaisant à des objectifs patrimoniaux « immatériels », à forte plus-value de sens. La gestion de patrimoine au cœur des flux de l'économie financiarisée doit s'enrichir d'une perspective nouvelle : la détermination, la poursuite et l'atteinte d'objectifs rompant avec les seules logiques d'optimisation et de rentabilité actuellement prévalentes. La perspective philanthropique doit être réintroduite aujourd'hui au cœur même de la matière et des échanges financiers comme un lieu d'accomplissement personnel et immatériel permis par le médium patrimonial.

Banques et compagnies d'assurances doivent pour cela intégrer le champ philanthropique dans l'horizon du conseil patrimonial global. La sensibilité philanthropique des clients particuliers fortunés doit être identifiée, objectivée afin de pouvoir donner lieu à des choix et des démarches tangibles, en cohérence et/ou au sein des stratégies patrimoniales conseillées.

Les moyens de soutenir et d'exprimer cette fibre philanthropique doivent être affinés et développés par les organisations financières. La possibilité de soutenir, mais plus que cela encore de devenir partie prenante d'actions remarquables existantes, doit être dite et concrétisée. De même, pour un plus grand nombre de clients fortunés, la possibilité de s'engager dans la création d'entité *ad hoc*, d'intérêt général, projections de leurs centres d'intérêt les plus intimes, doit être montrée, prouvée par les conseils patrimoniaux.

Il faut pour cela que les grandes entités financières perçoivent toutes les possibilités liées à la création du « fonds de dotation » par la loi LME de 2008. Il faut qu'elles comprennent la révolution juridique, et potentiellement culturelle, contenue dans l'outil. Véritable fondation, créée avec la facilité d'une association, le « fonds de dotation » a été bâti pour une démocratisation, une généralisation de la pratique du mécénat et de la philanthropie. Preuve en est : le « fonds de dotation » entre dans le champ de la fiscalité du mécénat en France, sans doute l'une des plus incitatives au monde.

Un savoir-faire sur l'aide au montage de l'action philanthropique, l'élaboration d'outils financiers adaptés, la structuration d'un « marché de l'offre et de la demande philanthropiques » (d'autant plus considérable qu'il recouvrira sans doute à terme une large partie des domaines jusqu'à maintenant gérés par l'État et que les capitaux privés vont progressivement investir : la culture, l'éducation, la recherche, la bienfaisance...) restent cependant encore à produire.

L'intérêt de contribuer à la généralisation du mécénat est par ailleurs entier pour les grandes organisations financières. Si, en effet, le développement de la démarche philanthropique sous-tend potentiellement l'émergence d'un « nouveau marché » de captation et de gestion d'épargne, il offre également les perspectives de gestion d'une épargne rentable, car pérenne et potentiellement diversifiée. Du côté de la communication, le positionnement philanthropique de telle ou telle organisation financière ne pourra sans doute pas être ignoré longtemps comme étant un facteur de légitimité éthique et de rayonnement économique, en résonance avec les valeurs sociétales présentes et surtout à venir.

La médiation philanthropique n'est donc pas une négation des intérêts des grandes compagnies financières et de la fonction de leur organisation au sein du cycle économique. Elle réajuste en revanche la nature et la finalité de cette dernière.

Elle sous-tend en cela une révolution culturelle, sociétale, fondée sur un bouleversement et, d'une certaine façon, sur une inversion de la hiérarchie des valeurs de la société financiarisée.

En réintroduisant le lien à l'autre, l'altruisme, l'objectif immatériel et la vie éthique, voire spirituelle, au cœur même de la vie sociale et du cycle économique, la médiation philanthropique peut et doit opérer comme une ligne de faille, comme une voie nouvelle, déconstructive de notre économie présente souffrant de toute évidence d'être bâtie sur la foncière perspective de l'intérêt individuel.

Plus encore que la nécessaire « croissance verte » ou que l'avènement inéluctable d'un « développement durable », l'affirmation d'une fonction de mécène des sociétés fortunées françaises et européennes, par le médium des grandes organisations financières elles-mêmes, doit contribuer à l'avènement d'une nouvelle économie, fondée sur une conscience morale collective renouvelée et sur un lien à la gouvernance, au champ politique et aux valeurs républicaines et démocratiques redéfinis.

TABLE

Préface

Il a fait du slogan l'espace de la poésie,
   par Mazarine Pingeot 7

Le Dernier Français

Testament 15
La Copie qui suit 21
Le Dernier Français 27
Des élections ou Mini-traité de politique intérieure 33
Corps enseignant 37
Le Petit Écran 39
Le Petit Écran (effet miroir) 41
Jasmin et chrysanthèmes 43
Céline* 49
Les Petits Baigneurs 53
La Marseillaise 59
Le Marseillais** 61
Désintégré 67

La Réussite	71
Mabrouk	73
Comme dans un rêve	77
Égalité des chances	79
Des chiffres et des êtres	81
Lorsqu'ils essayèrent**	85
La France	91
Conte alsacien**	95
HLM Tango**	99
Le Coin de l'immeuble	103
Cathédrale	109
Prière de rue	113
C'est du lourd !**	117
Singe	123
Singe savant	125
In fine	127
Montparnasse	129
Je suis Musulman	133
La Voie	135
Jérusalem	141
La Nuit du destin	145
Lettre à mon frère Mattéo	149
Bonne éducation	157
La Demoiselle des deux rives	159
Gamme chromatique	163
Sept femmes puissantes	165
Malcolm X (Al Hajj Malik Al Shabazz)	167

Le Nouveau Président	171
Made in China	179
Soldat de plomb*	183
Noces à Grenelle**	187
Les Autres*	191
Il se rêve debout*	197
La Gravité*	201
Saigne*	205
L'Alchimiste*	211

Et après ?

Après l'indignation... (en cinq points), par Abd Al Malik	217

* Texte extrait de l'album *Gibraltar* (CD Atmosphériques, 2006)

** Texte extrait de l'album *Dante* (CD Polydor/Universal Music France, 2008)

Mis en pages par DV Arts Graphiques à La Rochelle
Imprimé en France par Normandie Roto Impression s.a.s.
Dépôt légal : février 2012
N° d'édition : 2237 – N° d'impression : 120267
ISBN 978-2-7491-2237-3